Peter Dannig

Unerhoffte Wendungen Teil 3

Zweifel und Schatten

Herstellung und Verlag:
BoD – Books on Demand, Norderstedt
ISBN 9783735760586

Peter Dannig

Unerhoffte Wendungen

Teil 3 – Zweifel und Schatten

für Patricia

Zweifel und Schatten

Ich schicke dir mittags voller Ungeduld eine SMS:

„Hallo Pat, nach dem Ball gestern habe ich gut und lange geschlafen. Hast du noch mal über eine gemeinsame Nacht nachgedacht? Ich würde mich riesig freuen, wenn du zustimmst, dass wir uns treffen. Ganz liebe Grüße und einen schönen Sonntag, Fred".

Ich spüre, dass du heute länger für eine Antwort brauchen wirst. Ich bin hin und her gerissen zwischen Hoffen auf Zusage und Angst vor Absage, und muss mich dann auch zweieinhalb Stunden gedulden, dann kommt deine Antwort: „Hallo Fred wir können uns gerne treffen. …. Viele Hotels sind ausgebucht habe eins gefunden kostet 89 €. Könnte um 19 Uhr dort sein. Es ist mir sehr unangenehm, aber was hast du dir finanziell vorgestellt?".

Sofort schreibe ich eine Antwort: „Hallo Pat, das muss dir gar nicht unangenehm sein, denn ich möchte dir den Ausfall schon ersetzen. Ist der Betrag ok? du darfst gern einen anderen Vorschlag machen, Tageseinnahme, trau dich, wir werden uns schon einigen. Ich habe dich sehr gern, ich freue mich. Buchst du bitte das Zimmer! Lg Fred". Ich bin auf Wolke sieben, unendlich glücklich.

Kurz darauf deine Antwort: „Mir ist das aber peinlich normalerweise ist für eine Nacht das Dreifache ich würde sagen mindestens 2/3 oder wir machen einen Nachmittag bummeln gehen Essen und kein Hotel. Tut dir dann nicht so sehr weh".

Ich antworte sofort; „Also das Dreifache, ich will gar nicht handeln, hatte nur keine Ahnung. Bitte buchen, bis bald lg Fred". Und du antwortest: „Danke ich buche wünsche dir noch einen schönen Abend. Drücke dich und schlafe schön. Lg Pat".

Jetzt tobt ein Orkan von Gefühlen und Gedanken in mir, Herz und Gehirn sind in Aufwallung, alles stellt sich jetzt wieder in Frage. Ich bin auf deinen finanziellen Vorschlag eingegangen, obwohl ich damit an meine Grenzen stoße, schneller als ich wollte. Aber ich möchte eine Nacht mir dir verbringen. Eigentlich wird andererseits jetzt endgültig doch offensichtlich, dass es für dich in erster Linie um die Einnahmen geht, nicht um das Zusammensein aus Zuneigung.

Ist eine solche Hotelnacht nicht das erste Mal für dich? Dann sind deine Anwesenheiten im FKK-Club und die damit verbundenen Einnahmen doch nicht alles, oder? Wie soll das weiter gehen, muss ich da raus, will ich da raus?

Kann ich beim nächsten Treffen wirklich ganz normal unsere kleinen Gespräche und Diskussionen führen, kann ich dich noch unbefangen sehen und behandeln als von mir geliebte Frau, die irgendwann auch ihre Zuneigung zu mir findet und offenbart? Nutzt du meine Zuneigung nur ganz geschickt aus wie alle in deinem Job?

Bin ich vielleicht doch nicht der einzige, bei dem du dich so zutraulich verhältst, ist das Alles nur kühle Berechnung, bin ich abgehakt, wenn die Finanzen meine Besuche nicht mehr zulassen?

Hätte ich es bei den, eventuell sogar reduzierten Besuchen im FKK-Club belassen sollen, es akzeptieren, wenn du dich anderen zuwendest und froh sein, wenn der finanzielle Kelch an mir vorüber geht?

Ich bin so ratlos. Nun war ich tagelang in Unruhe, du könntest mir das Ansprechen des Finanziellen übel nehmen und nun kommt es knallhart umgekehrt.

Meine Angst, es könnte nichts werden, wandelt sich nun in Angst, dass dieser Tag unsere Beziehung zum Schlechten verändert. Kann und wird irgendwann Ruhe einkehren?

Ich bin so ratlos, aber ich kann mit niemandem über dich reden, kann mir nirgendwo Rat holen. Ich sitze in der Falle wie so viele Männer vor mir und nach mir. Warum mache ich mir mein Leben so schwer?

Ich bin voller Unruhe darüber, was ich angerichtet habe. Unsere Treffen hatten trotz der Umgebung ein gewisses Maß an Unschuld und Unbefangenheit. Diese Unbefangenheit ist möglicherweise für immer verloren.

Aber ist nicht meine Grunderkenntnis, dass man mit jeder Entscheidung hadert, wenn man sie getroffen hat. Alles hat auch sein Gutes.

Ich weiß jetzt weniger denn je, ob ich deine echte Zuneigung jemals bekommen werde, aber ich weiß auch, ich werde weiter nach dem Zusammensein mit dir streben, so oft und so viel wie mir möglich ist. Ich möchte, dass es dir gut geht und damit stellt sich die Frage gar nicht, ob du mich ausnutzt. Ich will jeden Augenblick mit dir genießen, glückliche Momente erleben, die mir so lange gefehlt haben. Ich will einfach, dass das nächste Treffen schön wie immer und die gemeinsame Nacht am folgenden Tag noch schöner sein werden. Das kann man mir nie wieder nehmen, es macht mein Leben reicher. Ich will es und alles andere ist egal.

Heute spüre ich mehr denn je, dass eine ständige Unruhe und Aufregung allgegenwärtig ist, ob vor einer Entscheidung, nach einer Entscheidung, vor einem Treffen oder nach einem Treffen mit dir. Heute kommt durch das Ende der Unschuld und Unbefangenheit auch noch dieses Schwindelgefühl und Herzrasen dazu, das mich schon ein paar mal seit wir uns kennen heimgesucht hat. Aber Wohl- und Glücksgefühl behalten die Oberhand.

Andererseits taucht mit aller Klarheit wieder der Gedanke, die Angst vor mir auf, du könntest doch deinen altersentsprechenden Traumprinzen treffen, so wie deine Freundin, und dann schlagartig und für immer für mich unerreichbar sein. Sicher hoffst du auf deinen Traumprinzen um deinetwegen und deiner Kinder wegen genauso, und mit Recht, wie ich befürchte.

Deshalb strebe ich an, meine Ausgaben zu strecken, um mich möglichst noch lange mit dir treffen zu können und dir damit auch ein regelmäßiges Einkommen zukommen zu lassen. Aber für dich ist das gar nicht sinnvoll, du hoffst natürlich, diesen Job möglichst bald aufgeben zu können, bis dahin aber möglichst viel Geld abzuschöpfen. Denn ein langfristig regelmäßiges Einkommen durch diesen Job ist dir eher ein Graus oder du hast Angst, ihn altersbedingt bald aufgeben zu müssen. Also musst du vorher das Maximum herausgeholt haben.

Ich bin schon sehr gespannt, wie insbesondere du und dann wir gemeinsam über dieses Thema Geld reden werden.

Warum sagst du immer, dass es dir unangenehm ist und dann gehst du es doch so professionell an?

Jede Romantik scheint wie weggeblasen, aber dann taucht doch das kleine Engelchen auf und meint „vielleicht sagt sie dir, dass sie dir gar nicht so viel Geld abverlangen will, weil sie dich auch mag". Da ist wieder dieser Hoffnungsschimmer, dass du doch mehr als Sympathie wie nur für einen guten Kunden für mich empfindest oder auf dem Weg dorthin bist. Doch gleich drängt sich wieder das Teufelchen in den Vordergrund, lacht schallend und meint „wie kannst du nur so verblendet und blöd sein, natürlich nimmt sie dich nur aus, wahrscheinlich bist du nicht der einzige. Bist du sicher, dass sie keine Erfahrung mit diesen Hotelnächten hat?".

Nach unserem Telefonat war ich noch voller Besorgnis, du könntest mir meine finanziellen Andeutungen für ein so „privates" Treffen übel nehmen, heute nun meine große Betroffenheit, dass du ganz selbstverständlich für diese ganz „kommerzielle" Nacht den wohl üblichen Hostessen-Preis verlangst. So schnell ändern sich die Dinge, Gefühle und Betrachtungsweisen. Für mich war immer klar, dass ich es mir finanziell nie zumuten würde, mit einer Begleithostess eine Nacht zu verbringen. Aber mit dir ist alles ganz anders, es geht nicht um eine Nacht mit irgendeiner Frau, es geht um das Zusammensein mit dir, nur mit dir.

Ich mag dich so sehr, ich sehne mich so sehr nach dir. Aber werde ich weiterhin alle denkbaren Ausreden daheim aufwenden, um jeden Termin bei dir wahrnehmen zu können? Es nicht zu tun, würde mir sehr, sehr schwer fallen. Aber vielleicht werde ich mich einschränken müssen. Und dann werde ich nicht mehr dieses Vorrecht auf deine Zeit haben, werde möglicherweise vergeblich nach dir Ausschau halten. Ich werde sehr leiden, denn noch fühle ich unverändert „ich liebe dich".

Ich will die Hoffnung auf ein gemeinsames glückliches Ende dieser Leidenszeit nicht aufgeben, obwohl mein Verstand sagt, das es niemals so werden wird wie ich es erträume.

An meinem Grundzustand hat sich nichts geändert, meine Gedanken sind ständig voller Liebe bei dir, mein Herz klopft in

Vorfreude auf Morgen, dann kann ich dich endlich wieder in die Arme schließen.

Zur Ablenkung und gleichzeitig, um innerlich trotzdem ungestört bei dir sein zu können, arbeite ich an den Notizen. Ich überlege, ob ich mit dir gemeinsam Rückschau halte und über alles rede, was ich mir von der Seele geschrieben habe.

Dann habe ich wieder Angst, du könntest mir einige meiner dunkleren Gedanken übel nehmen und dich deshalb von mir abwenden.

Zum ersten mal seit der Pubertät bin ich sieben Tage enthaltsam gewesen, ich wollte es einfach nur mit dir machen. Und ausgerechnet zu dem Zeitpunkt gerät mein schönes Bild unserer Beziehung ins Wanken.

War die sexuelle Vielfalt des Sommerhalbjahrs nicht doch das, was ich eigentlich wollte? War diese Abwechslung, waren diese vielen unterschiedlichen Frauen nicht wunderbar und dann auch noch finanziell günstiger als die enge Bindung an dich?

Ich bin mir gar nicht mehr so sicher, ob ich nicht dahin zurückkehre. Die Unverbindlichkeit der Begegnungen würde nicht meine Aufmerksam trüben, falls ich einer Frau begegne, die meine Liebe erwidern oder deren Liebe ich erwidern könnte und möchte.

Auch wenn ich es immer noch nicht wahr haben will, aber die Unbefangenheit ist beschädigt. Ich erwische mich bei der Erkenntnis, dass ich seit gestern gar nicht mehr die Stunden zähle bis wir uns Morgen endlich wiedersehen, weil ich ein wenig Angst habe vor der Begegnung. Jetzt sind es noch 26 Stunden. Ich bin so unendlich müde, abgespannt, am liebsten würde ich jetzt diese 26 Stunden einfach schlafen.

Wie belastet wird unser Zusammensein sein? Wird es dir egal sein oder wirst du versuchen, meine Zweifel zu entkräften, meine Zuneigung wieder einzufangen?

Wie schnell kann sich alles ändern. Aber ich will nicht verzagen, dass ich das mit meinem Wunsch nach einer gemeinsamen Nacht verursacht habe, es ist doch auch gut so, wenn Klarheit herrscht. Aber herrscht wirklich Klarheit?

Ich weiß nicht, was ich glauben, denken, fühlen oder wie ich handeln soll. Warum führt einen das Leben immer wieder in so schier aussichtslose Situationen? Vielleicht gibt es doch langfristig einen dritten Weg für uns, denn schließlich sind deine Nachrichten immer sehr lieb und persönlich und es gibt inzwischen einiges ganz privates und gemeinsames zwischen uns. Dabei kommen mir im Moment natürlich doch Zweifel, ob ich dir die Rechte an einem meiner Bücher wirklich komplett übertrage oder dich nur beteilige, um dich so noch an mich zu binden. Auch muss ich mich fragen, ob ich dir weiter einen Zuschuss fürs Auto anbieten kann, wenn du einen solchen Preis für eine Nacht mit mir verlangst. Finanziell ist das für mich dann doch eher ein „Entweder-Oder".

Der Wunsch, dir etwas ganz Persönliches wie ein Schmuckstück zu Weihnachten zu schenken, ist nicht mehr da. Warum hast du eigentlich mit „das ist doch immer viel zu teuer" abgelehnt?

Das kannst du bei der Erwartung einer so hohen Bezahlung für eine Nacht nicht wirklich ehrlich meinen.

Aber Schokolade als Mitbringsel habe ich heute wieder für dich gekauft und ich schaue auch ständig nach, ob vielleicht eine SMS von dir da ist. Morgen früh werde ich dir eine schicken. Ich möchte einfach zur Normalität zurückkehren, ich darf mich nicht verrückt machen.

Wie das klingt „zurückkehren", unsere Nacht hat doch noch gar nicht stattgefunden. Ich bin so nervös, mein Herz rast, meine Hände zittern. Warum tue ich mir das an?

In der Liebe bevorzugt man offenbar den Schrecken ohne Ende und hält das Ende mit Schrecken für unvorstellbar.

Endlich dein Wochentag. Ich fahre früh zum Haus meiner Freundin wegen der Post. Ich schicke dir von dort gegen 8 Uhr eine SMS: „Guten Morgen Pat, ich wünsche dir wieder eine gute Fahrt, bin dann wieder um 15 Uhr da, freue mich. Ganz lg Fred". Heute zittern meine Hände weniger in Vorfreude, sondern eher aus Angst vor der inneren Veränderung unserer Begegnungen. Ich freue mich einerseits schon, bin nach wie vor glücklich, dass es dich gibt. Aber ich bin auch traurig, ängstlich, enttäuscht, niedergeschlagen. Dein professionelles, finanziell hartes Angehen des Übernachtungs-Treffs hat mich aus dem schönen Traum gerissen, dass es von dir aus doch mehr als nur eine rein kommerzielle Beziehung ist. Es hat für mich alle Hoffnung zerschlagen, dass ich für dich mehr sein könnte als nur ein angenehmer Stammkunde. Kann ich deine Zuneigung und Zärtlichkeit, deine Zeit für mich und unserer Gespräche wirklich nur kaufen? Wirst du mir nie von dir aus etwas geben, wenn nicht aus Liebe dann doch wenigstens aus echter Zuneigung?

Es macht mich alles sehr traurig. Einerseits möchte ich es dir alles sagen, mich erleichtern, andererseits kann und will ich dir nicht wirklich Vorwürfe machen, denn ich will es doch so.

Also werde ich versuchen, meine dunklen Gedanken nicht anzusprechen, sondern die Momente der Vertrautheit und der Zärtlichkeit mit dir wie bisher einfach zu genießen. Ich möchte, dass es dir gut geht und wünsche mir natürlich, dass du bei mir auch ein kleines bisschen glücklich bist. Du hast es verdient.

Um 9:15 endlich das ersehnte Ping: „Hallo Fred habe im Radio gehört 18 Km Stau. Schrecklich! Freue mich auch bis später. Lg Pat".

Mittags steigt meine Aufregung, zunehmend wieder in freudiger Erwartung, dich in die Arme zu nehmen, die dunklen Wolken verschwinden im Hintergrund.

Als ich pünktlich ankomme, sehe ich dein Auto, was mich sehr beruhigt, und parke direkt daneben. Ich sehe dich bereits im

Empfang, Ihr schaut Euch zu mehreren Topf+Besteck-Angebote an. Du bist ganz vertieft, dann aber schaust du dich um und kommst sofort zu mir, um mich herzlich zu begrüßen. Nach meinem Umkleiden gehe ich wieder oben ohne hinein, du bist noch nicht an der Theke, kommst aber dann doch sofort. Du bist allerdings noch ganz in Euphorie wegen einer Besteckbestellung. Dann setzen wir uns mit einem Kaffee aufs Polster.

Du bemerkst sofort, dass ich sehr bedrückt bin, das Lächeln fällt mir schwer. Ich sage pauschal „ich habe gerade viele Sorgen". Ob du ahnst und spürst, dass genau du der Anlass meiner Sorgen bist? Allmählich werde ich ruhiger, weil du so lieb, so normal vertraut bist. Und es wird dann ein wunderschöner Nachmittag.

Du erzählst, dass du dich unglaublich über den Besteckkauf freust wie über die neuen Möbel. Leider wurde die Lieferung wegen des Tisches verschoben.

Wir holen uns ein Getränk, Dann schickst du mich zunächst allein aufs Zimmer, da Unruhe bei dir wegen der Besteckkorrektheit aufkommt, das möchtest du klären.

Ich warte voller Ungeduld, aber du kommst doch bald.

Wir umarmen uns mehrfach, mit Dessous und dann nackt, es ist wie immer ganz wunderbar, wegen meiner Ängste eher noch schöner, du bist mir so nahe. Mit viel Ruhe und ausdauernd streicheln wir uns in allen Stellungen gegenseitig sehr ausgiebig und kuscheln auch immer wieder in verschiedenen Lagen. Zunächst verwöhne ich dich und versuche mir besonders viel Mühe zu geben, all meine Erfahrung einzubringen und ich habe auch das Gefühl, dass du ganz besonders heftig reagierst und darüber auch sehr glücklich bist. Dann widmest du dich meiner Entspannung und heute gelingt es dir, was ich all die Wochen so gehofft hatte, du bringst mich oral zum Höhepunkt bei einer hinlänglichen Erektion. Vor irrsinnigem Glück über diese Situation breche ich unter heftigem Schluchzen in Tränen aus. Du nimmst mich zärtlich in die Arme. Ich sage dir, dass ich in Hoffnung auf dieses Gelingen extra eine ganze Woche enthaltsam gewesen bin, zum ersten Mal seit der Pubertät. Ich habe nur ein paar Mal vorbereitend mit mir gespielt ohne Entspannung, weil das steigernd wirken soll.

„und wie das gewirkt hat, das war wirklich heftig"

Die dritte Stunde widmen wir uns wieder ausschließlich dem Streicheln und Kuscheln. Zweimal rauchst du eine Zigarette. Wir reden darüber, deinen Kindern gefällt es auch nicht. Du meinst allerdings, dass es stark vom Umgang abhängt und dass du in dieser Umgebung niemals damit aufhören könntest. Als du einmal durch den Raum gehst, schaue ich deine wunderbare Figur an und frage nach deiner Konfektions- und BH-Größe.

„36, BH 75A bei H&M 75B"

Ich spreche darüber, dass manche Frauen mit zunehmendem Alter eher attraktiver werden, und du gehst positiv darauf ein, wir sind uns einig bei Veronica Ferres, Iris Berben, Hannelore Elsner und Ruth-Maria Kubicek.

Nach einer Gesprächspause schaue ich dich intensiv an.

„ich würde so gern deine Gedanken kennen, was du über uns und mich denkst. Du kennst mich besser als ich dich"

„ich denke, dass du ein ganz Lieber bist"

„ ich möchte, dass es dir gut geht, wenn ich bei dir bin, dass du ein wenig glücklich bist"

„…es ist wunderbar mit dir"

Ich bin natürlich geschmeichelt und ich gebe mich dem Gefühl hin, ich habe wieder einen kleinen Schritt zu deinem Herzen gemacht. Ich umarme dich.

„ich mag dich sehr gern"

Du streichelst mir zärtlich und ausgiebig Kopf und Stirn.

„du hast so viele Gedanken im Kopf"

Ich bin ganz ruhig und genieße es, leichte Tränen fließen mir aus den Augenwinkeln. Ich spreche von meiner Freundin und meinem Sohn, du fragst nach, wie es seiner Freundin geht.

Deine Kinder gehen auf die Gesamtschule, was ich ganz toll finde, aber beide haben gerade Probleme. Dein Sohn lässt gerade in den Leistungen etwas nach, deine Tochter möchte aus der Klasse raus, was den Wechsel auf eine Realschule bedeuten würde. Ich versuche dich zu bestärken, hart zu bleiben, den

Wechsel zu vermeiden, später bekommst du sonst Vorwürfe von ihr.

Wir sitzen uns mit umschlingenden Beinen gegenüber.

„natürlich wünsche ich dir, dass du deinen Traumprinzen findest, aber ich fürchte das auch, weil ich dich dann verlieren würde, das wäre furchtbar für mich"

Du schaust mich traurig und lieb zugleich an.

„ich glaube eigentlich nicht mehr an den Traumprinzen, aber vielleicht gibt es doch irgendeine Lösung"

„es muss so vieles passen, auch mit den Kindern"

Du nickst, wieder sehr traurig.

Dann erzähle ich, dass ich mal zu meiner Freundin gesagt habe „ich könnte es wahrscheinlich seelisch nicht ertragen neben einer Ehefrau noch eine neue Tanzpartnerin und eine Geliebte zu haben". Dann schaue ich dir in deine wunderschönen Augen.

„und jetzt habe ich eine Geliebte, fast jedenfalls"

Du schaust mich ganz ruhig an und sagst zunächst nichts, dann aber plötzlich ziemlich heftig:

„du hättest und würdest dich nie von deiner Familie trennen, dazu bist du einfach zu pflichtbewusst"

Sagst du das, weil du darüber nachgedacht hast, was mit uns sein könnte, wenn ich Single wäre, oder vergleichst du mich nur mit jemand anderen? Es klang schon so, als hättest du über uns nachgedacht und bist fast ein wenig zornig über mein Pflichtbewusstsein, andererseits aber auch beeindruckt, so dass es deine Zuneigung erhöht. Wenn ich doch nur wüsste, was in deinem Kopf vorgeht.

Du fragst nach meinen Tanzaktivitäten und als ich zu einem Musikstück sage, das gerade läuft, „ein wunderschöner Rumba", vermutest du richtig, dass ich jedes Musikstück tanzmäßig einordne.

Du erzählst, dass der PC-Betreuer vom Club vergessen hat, dir einen Laptop für deine Tochter zu besorgen. Heute wollte er noch mal dran denken. Ich biete dir an, mich drum zu kümmern, falls das nichts wird. Dann sprichst du zum ersten mal unser morgiges Treffen an wegen der Adresse und schickst sie gleich per SMS los:

Du begründest, dass du erst 18:30 bis 19 Uhr da sein kannst, weil du dich um den Hund kümmern musst.

Du willst einchecken und mir dann die Zimmernummer per SMS schicken.

Als unsere Zeit um ist, umarmen wir uns noch mal innig.

„du bist lieb"

„du auch, wir sind beide lieb"

Wir gehen zusammen essen, du hakst dich wieder ein. Heute sind viele Mädchen da. Du bringst mich dann wieder eingehakt an die Treppe. Wir wünschen uns gute Fahrt und verabschieden uns mit „bis Morgen".

Ich fahre aufgewühlt heim, versuche dort normal zu sein. Später gibt es Stress mit meiner halbtrunkenen Frau, weil ich

Donnerstag Nachmittag nicht mit ihr auf den Weihnachtsmarkt möchte. Mein Problem ist, dass ich ihr einen falschen Friseurtermin genannt habe und nun nicht mehr zurück kann.

Ich bin heute unendlich müde und gehe 22 Uhr schlafen.

2:25 wache ich auf, bin dann 2:30 am Handy, SMS von dir von 2:26: „Lieber Fred bin jetzt zuhause. Hoffe du kannst jetzt endlich gut schlafen. Träume süß. Bis morgen. Gute Nacht lg Pat".

Ich freue mich sehr, insbesondere weil der Text sehr lieb und persönlich ist. Wieder wie schon mehrmals gibt es diese zeitliche Übereinstimmung wie Gedankenübertragung.

Am nächsten Tag hält mich ständig die Aufregung und Vorfreude auf heute Abend gepackt. Natürlich sind da auch immer wieder die dunklen Gedanken, warum du es so streng kommerziell abwickelst und dann die eher grauen Überlegungen, dass du gar nicht frei bist in deinen Entscheidungen. Gibt es da doch jemanden im Hintergrund, der dich steuert. Musst du auch für diese Nacht die Hälfte abgeben.

Bist du finanziell abhängig, hast du eine größere Summe zum Start erhalten, die du abarbeiten musst? Hast du eine entsprechende Zusage bei Folgeproblemen wegen deines verstorbenen Bekannten? Ob du irgendwann ganz ehrlich dazu etwas sagen wirst? Ich will einfach nicht glauben, dass du dich mir gegenüber aus freien Stücken so zurückhältst mit der

Privatheit. Ich will einfach glauben, dass du vorsichtig sein musst bis du jemanden kennenlernst, der dich finanziell auslösen kann.

Mit meiner Unschuldsvermutung dir gegenüber bin ich noch mehr darauf bedacht, dir unser Zusammensein so schön wie möglich zu machen. Und mir ist völlig egal, dass das kleine Teufelchen wieder meint „alles nur Masche, warum fällst du darauf rein". Ich bin eben sehr glücklich in deinen Armen, alles andere ist mir egal.

Ich schreibe bis Mittag an meinen Notizen und überlege, ob ich dir demnächst alle meine Gedanken ohne „Wenn und Aber" offenbare. Ich habe ein wenig Angst, du könntest mir die dunklen Gedanken über dich doch übel nehmen. Aber warum? Vielleicht bist du sogar froh und erleichtert, wenn du alle meine Gedanken kennst. Und meine Hoffnung ist natürlich, dass du dich dann auch mehr öffnest.

Um 16:45 schicke ich dir eine SMS: „Hallo Pat, ich fahre jetzt los. Bis nachher lg Fred„   Ich bin so unglaublich freudig aufgeregt. Nach einer halben Stunde kommt deine Antwort: „Bis später fahre vorsichtig".

Ich brauche etwas länger als erhofft trotz erfolgreicher Stau-Umfahrung dank Navi. 15 Minuten vor meiner Ankunft kommt eine SMS von dir: „Wir gehen zusammen rein warte auf dich„.

Du bist also da und ich habe noch einige rote Ampeln zu bewältigen.

Endlich komme ich an und sehe dein Auto und dich. Ich suche mir einen Parkplatz und eile zu dir. Du kannst eine gewisse Aufregung nicht verbergen, es ist sehr glaubwürdig, dass du das auch noch nie gemacht hast.

Wir gehen aufs Zimmer. Es ist sehr klein und von der Straße her laut.

Wir umarmen uns innig und ich sage dir, wie sehr ich mich freue, aber auch, dass das Finanzielle meine Schmerzgrenze überschreitet.

Du schaust mir traurig in die Augen.

„ja ich weiß"

Du hast eine Flasche Wein und Salzgebäck mitgebracht.

Wir gehen runter ins Restaurant etwas essen, du lädst mich ein.

Wir haben sofort wieder viele Themen zum Reden. Ich erzähle von der offensichtlichen Gedankenübertragung bei deinen nächtlichen Meldungen. Mindestens dreimal bin ich bisher genau in dem Moment aufgewacht und zum Handy gegangen, gestern auch. Du lächelst überrascht, aber die Idee scheint dich auch angenehm zu berühren.

Ich frage nach der Rasse deines Hundes, habe es leider aber gleich wieder vergessen. Auf jeden Fall ist es ein Mischling.

Zusammen mit dir essen und unterhalten ist so wunderbar wie alles mit dir.

Danach gehen wir wieder aufs Zimmer, du rauchst eine Zigarette am offenen Fenster, ich umarme dich von der Seite.

Dann ziehen wir uns aus, du hast wunderschöne aubergine Unterwäsche an, die ich im Zwielicht zunächst für braun halte.

Dann gehen wir nacheinander ins Bad zum Frischmachen. Ich lege dir die Schokolade hin.

Du hast den Fernseher als "Hintergrund-Musik" eingeschaltet.

Bezogen auf den gerade laufenden Krankenstationsfilm fragst du, ob ich eine Patientenverfügung habe, was ich verneine. Wir reden darüber und über Tod und Begräbnis.

Leider gibt es kein echtes Doppelbett, sondern zusammengestellte Einzelbetten mit Lücke. Wir stopfen die Lücke aus mit meiner Bettdecke und kuscheln uns unter deine. Du liegst wie immer an meiner rechten Seite bei Rückenlage, in der von uns häufiger eingenommenen Bauchlage links, auf der Seite meines Herzens.

Du sprichst wieder davon, dass du noch nie bisher eine solche Hotelübernachtung gemacht hast. Du hättest schon viele Angebote für mehrtägige Reisen bekommen, auch zum Einkaufen in eine italienische Stadt. Aber bisher hättest du immer abgelehnt.

Für mich denke ich, ob du nach der heutigen Nacht demnächst doch mal mit mir ein paar Tage wegfahren würdest. Dann hake ich es aber gleich ab, wenn ich daran denke, was du dir dann finanziell vorstellst.

Wir sprechen kurz übers Tanzen, du möchtest gern ChaCha von mir lernen, aber nicht mehr heute. Wir reden über Autofahren und Zurechtfinden in verschiedenen Städten. Mir haben dabei meine Club-Besuche geholfen. Damit sind wir wieder beim Thema käuflicher Sex und ich berichte von vielen, insbesondere auch unerfreulichen Begegnungen. Ich erzähle dir von den Anfängen als Student mit den preiswerten Bordsteinschwalben und mit dabei durchaus sehr schönen Begegnungen.

„ich habe eigentlich schon immer sehr neugierig über den Rotlichtbereich nachgedacht, ich hätte mir das gern immer mal angesehen. Aber es ist lange unvorstellbar für mich gewesen, das selbst auch zu machen"

"Warum steht ihr Männer so auf den jungen Mädchen, die haben doch keine Erfahrung und oft gibt es auch noch sprachliche Barrieren und warum wechselt ihr so viel?"

Ich überlege kurz bevor ich antworte.

„weil es nie das ist, was man wirklich sucht, deshalb versucht man viel zu wechseln. Und die jungen sind natürlich oft nett anzuschauen und anzufassen"

„ich mag es nicht mit jüngeren Männern. Natürlich kommen auch sehr junge hier her, aber dann denke ich immer, es könnte mein Sohn sein. Außerdem ist mir das Ruhigere, Erfahrene viel lieber"

„gefällt dir ein wirklich harter Schwanz nicht auch gut?"

„ja schon, aber meistens habe ich sowieso nichts davon. Sehr viele in jedem Alter kommen sehr schnell nach dem Einführen" Du diskutierst mit mir über die Extras „ohne Gummi" und „mit Aufnahme" und dass es immer wieder Gäste gibt, die dann auf dich verzichten. Ich erzähle von der Triebausnutzung, wenn kurz vorm Höhepunkt Geld nachgefordert wird und ich wie wahrscheinlich die meisten Männer, den Betrag zugestehen.

„und das bezahlst du dann?"

„ja, in dem Moment zählt nur noch Geilheit, dann ist einem Mann alles egal"

Wir streicheln uns ausgiebig und kuscheln und ich verwöhne dich mit Mund und Fingern und du kommst wieder sehr heftig.

„wollen viele Gäste lecken?"

„fast alle"

Ich sage wahrheitsgemäß, dass ich das sehr selten mache. Es muss schon sehr viel Sympathie und Vertrauen da sein. Wir reden übers Vorspiel und dass du bei mir echt kommst. Wir sind uns einig, dass man das an der Veränderung der Scheide merkt. Du versicherst mir wieder glaubwürdig, dass es sehr schön für dich ist, und ich glaube auch, es dir anzusehen.

Ich streichle zärtlich und lange dein Gesicht und du lässt es dir offensichtlich gern gefallen. Später verwöhnst du mich wieder mit unübertroffen zärtlichen Händen und ich komme sehr stark bei einem fast steifen Glied, obwohl es erst einen Tag her ist. Du lächelst.

„geht doch"

Dann dösen wir eng umschlungen unter deiner Zudecke und ich streichle dich zärtlich weiter. Es ist so wunderschön und ich muss nicht gleich aufstehen und gehen.

„es ist so schön, wenn man danach einschlafen kann"

Irgendwann frage ich, ob ich ins andere Bett wechseln soll zum Schlafen, ich weiß ja, dass du zum Schlafen auch gern deinen Platz hast wie ich. Ich schlafe schnell ein. Einmal werde ich wach, schaue zu dir und höre dich ganz leise schnarchen. Es klingt so zart, wohlig entspannt, es ist einfach nett anzuhören. Ich kann mich gar nicht satt hören, aber ich muss schon angestrengt lauschen, um es zu hören. Ich schlafe wenig in dieser Nacht, ich schaue oft zu dir und horche nach dir und bin so dankbar für dein Vertrauen. Kurz nach mir bist du auch mal auf Klo. Als du dich wieder hinlegst, fasse ich deine Hand und frage, ob es dich stört. Du verneinst. Wir liegen ruhig und schlafen beide wieder ein.

Um halb Sieben frage ich dich, wann du aufstehen willst. Du meinst „7 Uhr bis halb acht". Ich frage, ob ich zu dir unter die Decke schlüpfen darf, du lässt es gern zu. Ich streichle dich. Ich erzähle dir, dass ich dir beim Schnarchen zugehört habe.

„Nein, wirklich? furchtbar, wenn ich schnarche"

Ich beruhige dich damit, dass es sehr zart und leise war, einfach nett. Meine Frage, ob ich dich heute Morgen noch mal verwöhnen soll, verneinst du.

„Ist es nicht nett, wenn du am Nikolaustag neben einem Mann mit weißen Bart aufwachst?"

Irgendwann presse ich mich seitlich an dich und lasse mein Glied mit Beckenmuskelbewegungen gegen deinen Oberschenkel pulsieren. Es ist ein unglaublich schönes Gefühl, ich stöhne und fühle mich fast einem Höhepunkt nahe. Ein wenig habe ich Angst, dass es dich stören könnte, tue es aber nach einer Pause noch einmal.

Dann liegen wir beide auf der Seite eng aneinander gepresst und schauen Richtung Fenster. Du hast vorher den Rollladen hochgezogen. Wir liegen still da und schauen beide auf die schmale Mondsichel. Es ist eine sehr romantische Situation. Ich werde in Zukunft bei jedem Anblick einer solchen Mondsichel mit Sicherheit an diesen Augenblick denken. Du vielleicht auch, das wird uns dann immer wieder gedanklich verbinden. Ich bin der Natur unendlich dankbar für dieses Zeichen. Mir laufen die Tränen aus den Augenwinkeln und ich bin sicher, dass du mein leichtes Schluchzen mit dem Körper spürst. Du streichelst still und zärtlich meine dich umgreifende Hand. Ich bin mir ganz sicher, zu erkennen, dass deine Augen auch tränenfeucht sind, du bist auch sehr ergriffen von diesem Augenblick. Beide sind wir in Gedanken versunken, was würde ich dafür geben, deine zu kennen. Bist du in diesem Moment glücklich mit mir, könntest dir gefühlsmäßig vorstellen, mich zu lieben, eine

Beziehung einzugehen? Ich glaube, du magst mich, du fühlst dich wohl bei mir.

Aber du bist auch eine kluge Frau. Wahrscheinlich bist du traurig, weil du sehr klar erkennst, dass es für uns wohl keine gemeinsame Zukunft geben kann. Selbst wenn ich nicht familiär gebunden wäre, wäre ich nicht wirklich die Ergänzung für deine Familie. Ich könnte deinen Kindern eher ein Großvater sein.

Du könntest es dir vielleicht vorstellen mit mir, aber deine Kinder würden das nicht akzeptieren. Und wie und wo würden wir leben? Fänden wir überhaupt eine gemeinsame Lösung? Mir geht das alles durch den Kopf und dir manches vielleicht auch. Es macht mich trotzdem glücklich, dass du darüber ein bisschen traurig bist. Und man soll die Hoffnung nie aufgeben. Vielleicht gibt es für uns doch noch einen Weg, wenn wir daran glauben und danach streben.

So liegen wir lange still nebeneinander. Irgendwann fragst du, wer zuerst ins Bad geht. Ich lasse dir den Vortritt, stelle dir den Schokoladen Nikolaus hin, denn heute ist Nikolaustag, und kuschle mich noch einmal unter deine Decke.

Ich hoffe, du glaubst zu Recht an meine Buchideen und es werden Erfolge. Genauso wie meine Freundin mich mit Vernunft und emotionslosen Themen auf Abstand gehalten hat, so hältst du mich mit der rein kommerziellen Ebene unserer Beziehung auf Abstand.

Würdest du deinen und meinen Gefühlen nachgeben, würdest du kein Geld verlangen, dann würde ich, würden wir uns häufiger treffen wollen. Aber Familien, die Entfernung, die fehlenden Treffpunkte ließen das gar nicht zu. Zusätzlich brauchst du die Einnahmen aus den Clubs. Für dich gibt es keine Lösung in der gegenwärtigen Lage. Aber dich zu wollen ohne eine Lösung für deine Familie zu sein, das ist schon sehr egoistisch von mir. Ich habe ein schlechtes Gewissen deswegen.

Mein kleines Engelchen im Kopf nickt mir zu, allerdings mit einem traurigen, verzweifelten Blick und Schulterzucken, es kann mir auch keine weiteren Hoffnungen machen.

Aber schon drängt sich das Teufelchen wieder nach vorn „du Blödmann, nimmst du sie schon wieder in Schutz?".

Ja, ja, ja, es ist wie es ist, ich kann nicht anders, ich liebe dich. Und du hast diese Liebe trotz allem auch verdient. Du bist ein wirklich lieber Mensch. deine Vertrautheit, Zärtlichkeit, Nähe, diese Tränen nassen Augen, dieser gemeinsame verträumte Blick auf die Mondsichel. Auch du leidest, was ich auf keinen Fall wollte. Ich hoffe, du kannst mir meine Liebe verzeihen. Ich fühle mich egoistischer als du es nach Meinung meines kleinen Teufelchens mit deinen Geldforderungen bist.

Du entdeckst den Nikolaus sofort und freust dich. Als ich dann im Bad fertig bin, gebe ich dir die Nikoläuse für deine Kinder, worüber du dich offenbar, wenn auch erstaunt, freust.

„Wenn du ihnen wahrheitsgemäß sagst, ein alter Mann mit weißem Bart hat sie dir für sie mitgegeben, werden sie es sicher nicht glauben"

Du ziehst dir eine Mütze auf, wegen der ungewaschenen Haare. Dabei sahen die auch nach dieser Nacht sehr ordentlich aus. Doch dir steht die Mütze wirklich gut.

Du lässt dir bestätigen, dass ich heute zum Friseur gehe und bist schon sehr gespannt, mich das nächste Mal zu sehen. Ich zeige dir kurz, wie man einen Schlips bindet, aber das werden wir noch mal in Ruhe machen.

Du lässt dich gern von einem Kavalier verwöhnen mit Tür aufhalten und in den Mantel helfen und findest das richtig und schön, ganz traditionell Frau, so selbstbewusst du sonst auch bist und dir in vielem nicht helfen lassen möchtest. Ich erzähle dir von der Abwehr meiner Freundin in diesen Dingen. Du kannst es gar nicht glauben. Dein Verhalten gefällt mir ehrlich viel besser. Natürlich möchte ich die von mir bewunderte und geliebte Frau in jeder Beziehung verwöhnen und dir auf diese Weise meinen Respekt erweisen.

Beim Frühstück finden wir auch gleich wieder Themen zur Unterhaltung. Ich spreche davon, dass ich gestern sehr aufgeregt gewesen sei. Du bestätigst, dass du es auch gewesen bist und meinst, man habe es mir aber gar nicht angemerkt. Ich erwidere, dass ich es dir schon angemerkt habe. Und du versicherst mir noch mal glaubhaft, dass du so etwas noch nie gemacht hast.

Du bedienst mich beim Frühstückfassen wie sonst auch immer beim Essenfassen.

Du fragst, ob ich über Weihnachten meinen Vater hole. Ich verneine und erzähle dann ein bisschen von meinen Eltern und dem schwierigen Charakter meines Vaters. Ich kenne seine wahren Gedanken und Wünsche nicht. Ich muss es glauben, wenn er nicht geholt werden will. Anbieten werde ich es.

Ich zahle das Hotel. Dann gehen wir aufs Zimmer, unsere Sachen holen und das Finanzielle regeln. Du schaust sehr verschämt auf den Boden, meidest den Blickkontakt, nimmst das Geld ohne Nachzählen und schaust mir dann mit einem „Danke" ganz lieb und tief in die Augen.

Ich nehme dich in die Arme, wir drücken uns innig, ich bedanke mich, was du gar nicht magst, für diese Nacht und für dein großes Vertrauen.

Du meinst dann

„ich kann mir nicht vorstellen, dass es jemanden gibt, der kein Vertrauen zu dir hat, ich hatte vom ersten Moment großes Vertrauen zu dir"

Um 9:15 verabschieden wir uns an deinem Auto, du bleibst noch stehen bis ich mich noch mal umdrehe und winkst mir nach. Um 10:40 bin ich im Büro und schicke dir eine SMS: „Liebe Pat, bin gut angekommen. Es ist sehr schwer in den

Alltag zurück zu kehren. Du warst wunderbar. Ganz liebe Grüße und einen schönen Tag. Fred".

Um 12 Uhr kommt deine Antwort: „Bist ja gut durchgekommen gell man denkt es war ein Traum? Aber ich kann dir versichern, es war keiner. Bis bald und Danke für alles".

Ich bin so unendlich müde. Natürlich habe ich nicht viel geschlafen, weil ich es auch nicht wollte. Hinzu kommt heute auch die wohlige Entspannung nach der angespannten Aufregung gestern und nach dieser wunderbaren Nacht mit dir.

Aber das Geld will mir einfach nicht aus dem Kopf. Warum eigentlich sollte ich dir aus lauter Zuneigung und Gutmütigkeit einen größeren Betrag zur Autofinanzierung geben, als Extra-Vorschuss? Wäre es nach diesem teuren Treffen nicht angemessen, dass ich umgekehrt Gegenleistung erwarte so wie du Bezahlung? In der Konsequenz würde ich dann höhere Beträge nur gegen eine gemeinsame Nacht anbieten, obwohl mir der Gedanke im Herzen sehr weh tut.

Es wäre trotz meiner Liebe zu dir eigentlich bodenlose Dummheit, wenn du nur Leistung gegen Geld, ich aber Geld ohne Leistung geben würde. Es tut mir körperlich weh, so zu denken, aber an dieser Stelle drängt sich scheinbare Vernunft in den Vordergrund.

Aber Liebe macht verrückt, man kann beides nicht unterscheiden. Das sagt die Wissenschaft an Hand von Gehirnbildern und Hormonspiegeln und das singt Katie Melua

(„how can happieness feel so wrong…This is the closest thing to crazy"). Aber ich muss trotzdem einen klaren Kopf behalten, damit ich nicht in einen Abgrund-Strudel gerate.

Nachmittags auf der Fahrt zum Friseur denke ich daran, dass ich in fünf Tagen wieder bei dir bin. Ich lasse meine Haare so kurz wie möglich schneiden und hoffe, dass du damit zufrieden bist.

Auf der Heimfahrt muss ich daran denken, dass ich gestern um diese Zeit am Hotel ankam. Und schon fließen die Tränen. Ich bin mir gar nicht sicher, ob meine Frau nicht doch etwas merkt, sie schaut mich immer so merkwürdig an, sie bemerkt sicher meine ständige geistige Abwesenheit. Glücklicherweise habe ich vorhin gerade noch daran gedacht, ihr etwas zum Nikolaus mitzubringen. Es wäre sonst das erste Mal gewesen, dass ich das vergesse.

Um 19:45 schicke ich dir eine SMS: „Liebe Pat, warum kann man die Zeit nicht zurückdrehen? Ich wäre jetzt so gern wieder mit dir im Hotel. Was machen die Möbel? Ich umarme dich, schlafe gut, ganz liebe Grüße, Fred"

Fünf Minuten später summt dein Handy mit deiner wunderschönen Antwort: „Das erlebte lebt in deinen Gedanken ewig weiter und kann dir keiner nehmen! Möbel sind da. Sind sehr schön. Ich drücke ganz doll. Schlafe schön. Lg Pat".

Das hast du so schön formuliert. Ich bin sicher du hast dabei nicht nur an mich gedacht, sondern auch deine eigenen Gefühle gespürt. Ich lese noch die Post, eMails und die Zeitungen, dann gehe ich todmüde schlafen.

Am nächsten Morgen fahre ich zum Haus meiner Freundin. Auf der Fahrt dorthin fließen mir die Tränen so heftig wie schon lange nicht. Genau vor einer Woche haben wir vormittags zum ersten Mal miteinander telefoniert und ich dir eine gemeinsame Nacht vorgeschlagen. Ich bin so glücklich, dass ich mich getraut habe und dass du zugestimmt und es organisiert hast. Ich schäme mich für die ganzen dunklen Gedanken, Grübeleien und Zweifel. Es war eine wunderbare Nacht, die ich niemals vergesse, von der ich immer zehren werde, egal was mein Teufelchen mir auch einflüstert. Und ich fühle, dass wir uns entgegen meinen Ängsten, noch viel näher gekommen sind, dass deine Zuneigung zu mir, mein Vertrauen zu dir zugenommen haben. Ich bin ganz sicher, dass ich mir das nicht nur einbilde. Und darüber bin ich trotz aller Probleme und Zukunftsangst unendlich glücklich.

Im Haus meiner Freundin mache ich mir Notizen über uns. Acht- bis zehnmal im Monat treffen wir uns jetzt, zusammen mit den Arbeiten an meinen Notizen und meinen Tagträumen verbringe ich volle zehn Tage im Monat, also ein drittel meiner Zeit, mit dir oder mindestens in Gedanken mit dir.

Im Gegensatz zum letzten Wochenende bin ich jetzt wieder voller Vorfreude dabei, Stunden zu zählen. Gerade sind es noch genau vier Tage bis ich starte, um zu dir zu fahren. Eine Ewigkeit bei dem Gedanken, dass wir diese Woche an drei Tagen nacheinander zusammen waren. Immer wieder schaue ich auf dein Handy, aber leider kommt keine SMS. Ich mache aber auch nicht den ersten Schritt. Ich werde mich spätestens morgen Abend nach der Rückkehr von meinem externen Termin bei dir zurückmelden. Denkst du in einer so langen Pause zwischen zwei Treffen überhaupt an mich? Oder kannst du ohne Ablenkung wieder in den Alltag zurückkehren? Ich kann das nicht mehr, mein ganzes Leben und Handeln ist gedämpft, meine Gedanken sind nur bei dir. Heute habe ich wieder ein richtig matschiges Gehirn. Wie soll ich das morgen überstehen, wird mir mein Vortrag gelingen?

Um 17 Uhr bin ich daheim wegen der Enkelinnen, die heute bei uns übernachten. Gerade will ich mir einen Text überlegen für eine liebevolle Wochenende-SMS an dich, da summt dein Handy. Ich bin elektrisiert, unendlich glücklich, du denkst an mich und kommst mir noch zuvor. „Hallo Fred ich hoffe dir geht es gut? du musst denken, es hat nicht jeder das Glück eine trotz allem stabile Familie aus der zwei wunderbare Geschöpfe entstanden sind, hast du Glück noch mal ein tolles Gefühl zu erleben. Lieber Fred du bist reicher als andere. Also Kopf hoch! Ich wünsche dir ein schönes W.ende. Lg Pat".

Eine so lange und so nachdenkliche Nachricht von dir, es ist ein sehr schönes Gefühl. Aber ich bin verunsichert, was du mir wirklich sagen willst. Zunächst glaube ich, weil du an mich gedacht hast und so lang schreibst, dass du traurig bist darüber, dass es mir im Grunde besser geht und ergeht als dir. Eben die „stabile" Familie und zusätzlich die Liebe zu dir, während du keine intakte Familie hast und ich nicht gerade der erträumte Geliebte bin. Ich will heraushören, dass du traurig bist, weil deine Zuneigung gewachsen ist, mich aber aus deiner Sicht trösten willst, weil ich es relativ besser habe. Andererseits willst du mich vielleicht auch nur trösten, weil sich für dich mir gegenüber nichts verändert hat und du willst mir sagen „mehr wird es nicht, sei glücklich wie es ist". Aber dann hättest du nicht einen so langen, gefühlvollen Text geschrieben, oder? Es ist schon so, wie ich lange fühle: du magst mich sehr, aber ich bin keine Lösung für deine Probleme und ich soll mich deshalb nicht grämen.

Für mich ist es ganz eindeutig, du bist aufgewühlt, ebenso im Wechselbad der Gefühle. Ich antworte mit einer auch sehr langen SMS, mit der ich dir Trost und Dankbarkeit signalisieren möchte: „ Liebe Pat du bist eine wunderbare Frau und du kannst auch stolz auf dich und deine Kinder sein. Du bist ständig in meinem Herzen und Kopf. dich zu kennen und zu lieben macht wirklich reich. Ich möchte dir in allem helfen und hoffe du bist ein bisschen glücklich trotz allem. Morgen bin ich ja mit meinem Sohn unterwegs, denkst du mal an mich? Ich wünsche dir ein erfreuliches W.Ende bis bald ganz liebe Grüße Fred".

Ob du offen mit mir darüber reden kannst, wie es wirklich um deine Gefühle und Wünsche steht? Ich möchte nicht mehr im Zweifel sein, wie es dir wirklich geht. Ich möchte dir Trost und Kraft geben, denn ich liebe dich und Liebe heißt geben, nicht nehmen. Ich möchte, dass es dir gut geht, dass du dich wohl fühlst, du vielleicht sogar ein bisschen glücklich bist. Aber dazu muss ich wissen, wie es um dich und uns steht.

Ich muss dir unbedingt sagen, dass in der heutigen Zeit auch eine alleinerziehende Mutter mit ihren Kindern eine vollwertige Familie ist. Wie ist eigentlich die Beziehung deiner Kinder zu ihrem Vater? Würden die Kinder überhaupt einen anderen Partner deiner Wahl als Vater akzeptieren und das als eine intakte Familie ansehen?

Wenn nicht, dann wäre das gar kein wichtiges Kriterium für die Wahl eines Partners. Offenbar geht gerade der Zweckoptimismus voll mit mir durch.

Am nächsten Morgen fahre ich mit meinem Sohn zu unserem externen Termin. Dort angekommen suche ich mir ein stilles Eck und beginne, eine SMS an dich zu schreiben, in dem Moment kommt eine von dir: „Ich weiß du wirst das heute gut machen! Bin ganz fest bei dir. Wünsche dir eine gute Fahrt und einen verdienten Erfolg. Lg Pat". Ich antworte sofort mit meiner daran angepassten SMS: „Hallo Pat, Gedankenübertragung schreibe gerade: ich bin jetzt angekommen, mein Sohn hat mich mit Rosenstolz unterhalten. Danke für deinen Gruß schönen Tag. Lg Fred".

Um 20:45 bin ich wieder daheim und schreibe: „Bin wohlbehalten zurück. Ich habe mich riesig über deine guten Wünsche genau zur richtigen Zeit gefreut. Schlafe gut, ich umarme dich. Lg Fred". Nach 15 Minuten kommt deine Antwort: „Ich hoffe du warst zufrieden und die Leute mit dir? Grins. Schlafe schön und träume süß. Lg Pat".

Nach diesen heutigen Nachrichten von dir, die genau meine Hoffnungen und Sehnsüchte, dass und wie du an mich denkst, erfüllen, geht es mir wirklich gut, ich bin sehr glücklich, keine dunklen Gedanken in Sicht, kein Teufelchen, nur ein strahlendes Engelchen, das aussieht genau wie du.

Heute gehe ich sehr ruhig schlafen mit der angespannten Vorfreude auf unser nächstes Zusammensein.

Ich schlafe sehr gut durch. Beim Aufwachen träume ich so intensiv das nächste Zusammensein und unsere Gespräche voraus, dass wieder die Tränen fließen.

Das Teufelchen taucht plötzlich auf: „du zappelst an ihrer Leine, die fein formulierten und dosierten Nachrichten sollen dich einlullen, dich am Losreißen hindern. Mehr ist da nicht".

Sei still Teufelchen, ich spüre ganz ehrliche Zuneigung.

Ich bin mir mit meinem Engelchen einig, dass das wirklich wahr ist, aber du dich ebenso wenig wie ich, oder eher sogar weniger als ich, ganz den Gefühlen hingeben kannst und darfst.

Der Alltag mit seinen Verpflichtungen verlangt von uns, vernünftig zu sein. Es ist ein Widerstreit zwischen Gefühlen und Vernunft.

Es tut so weh, vernünftig zu sein, aber wir müssen unsere Gefühle immer wieder in die Schranken weisen, weil Vernunft lebensnotwendig ist.

Am liebsten würde ich dir gleich vormittags eine SMS schicken, um dir zu zeigen, wie sehr ich an dich denke, und in der Hoffnung auf eine liebe Antwort. Aber ich halte mich zurück, so schwer es auch fällt, und verschiebe es auf abends, weil ich nicht lästig werden möchte. Wenn ich doch nur sicher wüsste, ob du auf ein Zeichen wartest.

Nachmittags beim Tanzen denke ich ständig an dich und kann es auch nicht lassen, wieder von einem gemeinsamen Tanzkurs zu träumen. Vielleicht spätestens, wenn deine Kinder tanzen lernen wollen? Und schon erwische ich mich wieder bei langfristigen Plänen. Das ist doch Unsinn, ich muss mich darauf konzentrieren ohne Wenn und Aber das Hier und Jetzt mit dir zu genießen.

Keine Gedanken an die Zukunft? Ist das wirklich möglich, wenn man jemanden liebt?

Kaum daheim schicke ich dir um 18:50 eine SMS: „Hallo Pat, ich komme gerade vom Tanzen. Ich habe dich in meine Arme geträumt. Die Zeit will nicht vergehen, ich sehne mich. Schlafe gut, träume schön, bis bald. Lg Fred". Um 19:30 kommt deine

Antwort: „Ach Fred ich möchte auf keinen Fall das du leidest das würde mich belasten. Hoffe du hattest trotzdem Spaß. Ich wünsche dir eine gute Nacht. Ganz liebe Grüße Pat".

Das ist inhaltlich schon ein kleiner Tiefschlag. Hat mein kleines Teufelchen doch ein bisschen Recht?

Nein, hat es nicht, denn es sprechen echtes Mitgefühl und Sorge um unsere Beziehung aus deinem Text. Ich glaube das sicher zu spüren. Und habe ich nicht von Anfang an befürchtet, dass dich meine Liebe belasten könnte?

Ich möchte das natürlich auf keinen Fall, ich möchte geben, nicht fordern. Es wird eine Gratwanderung.

Nach dieser SMS, die doch versucht, mich ein wenig auf Abstand zu halten, zögere ich wieder ein wenig, dich morgen anzurufen. Aber ich werde es doch probieren.

Ich bin natürlich ein wenig traurig. Andererseits spricht aus dir doch nur die kluge, realistische Frau. Es ist, bei aller Zuneigung, wie es ist, jeder von uns muss in seiner Welt weiterleben und zurechtkommen und wir sollten gegenseitig alles tun, so dass keiner von uns in irgendeiner Weise zusätzlich leiden muss.

Aber wenn ich ehrlich bin, dann leide ich schon ein wenig unter deiner so massiven finanziellen Forderung für die gemeinsame Nacht und bin auch ein wenig traurig darüber.

Du willst nicht, dass ich leide, weil es dich belastet? Das gilt für das Finanzielle anscheinend nicht.

Aber aus deiner Sicht ist es völlig richtig, du hältst ganz klar die Grenze zum Privaten aufrecht, keine Vermischung. Aus deiner Sicht musst du mich mit so konkreten Forderungen auf Abstand halten.

Ich kann das alles einsehen, aber ich bin trotzdem traurig. Ich würde es mir schon anders wünschen, ich könnte mir durchaus einen dritten Weg vorstellen. Aber ich kann es nicht ändern, wenn du nicht willst.

Heute weine ich mich wieder in den Schlaf, es berührt mich doch alles sehr, insbesondere ärgere ich mich über meine dunklen Gedanken.

Ich habe gut geschlafen, war einmal kurz wach und konnte wie immer, wenn ich es will, sofort wieder einschlafen. Ich bin sicher, dass deine SMS einfach nur lieb in Sorge um mich gemeint war.

Kaum im Büro angekommen, mache ich mir wieder Notizen über uns. Kurz vor 9 Uhr halte ich es nicht mehr aus, laufe mit dem Handy übers Gelände und rufe dich an. Du meldest dich sofort mit einem fröhlichen, ganz liebevollen „Guten Morgen" und fragst, ob es mir gut geht, das sei dir sehr wichtig. Ich antworte dir, dass du dir keine Sorgen machen sollst, ich möchte, dass es dir gut geht, dich nichts belastet. Du bist gerade beim Einkaufen und musst im Zusammenhang mit den neuen Möbeln noch ein bisschen renovieren, was du wegen des damit verbundenen Drecks hasst. Wir reden übers Wetter und dass meine Enkelin heute Geburtstag hat. Wir verabschieden uns mit einem fröhlichen „Bis Morgen". Es war wieder so schön, deine Stimme zu hören, mit dir zu reden. deine lieben, vertrauensvollen Sätze haben mich wieder unendlich positiv gestimmt. In 30 Stunden bin ich bei dir.

Es geht mir wirklich jetzt und heute richtig gut. Meine Gedanken sind den ganzen Tag sehr intensiv bei dir.

Bei der Geburtstagsfeier meiner Enkelin beteilige ich mich kaum an den Gesprächen, ich fotografiere und filme und denke ständig darüber nach, welche Aufnahmen ich dir zeige. Natürlich freue ich mich unheimlich, heute endlich die Freundin meines Sohnes wiederzusehen. Aber das führt auch wieder nur dazu, dass ich an dich und unsere Gespräche denke.

Daheim arbeite ich noch schnell an meiner Geschäftsidee, dann gehe ich ins Bett und schlafe tief und fest.

Endlich ist wieder der Tag der Woche. Zur ungehemmten Vorfreude gesellt sich aber ein kleiner Schatten Nachdenklichkeit, wie es mit uns weitergeht. Mich belastet die zunehmende Sorge, dass mindestens aus finanziellen Gründen in absehbarer Zeit Schluss ist. Wie viel Gefühle hast du für mich entwickelt, wie wirst du mit meinem finanziellen Problem umgehen? Ist dann einfach Schluss und du suchst dir einen neuen Stammgast, oder wirst du mit mir gemeinsam einen Weg suchen, der für uns beide tragbar ist?

Schon wieder bin ich bei der Zukunftsangst, ich will mich doch auf eine glückliche Gegenwart konzentrieren.

Aber ich habe auch ein bisschen Angst davor, ob und wie ich unsere gemeinsame Übernachtung noch mal ansprechen soll. Wirst du das Thema Finanzen oder Zuneigung eiskalt abwiegeln, oder wartest du auf Grund deiner doch vorhandenen Zuneigung sogar darauf, dass ich es anspreche? Ich möchte so gern, dass wir einen gemeinsamen dritten Weg für uns finden zwischen Job und Privat, der die Regeln nicht verletzt, die Grenzen nicht endgültig überschreitet, falls das einen von uns belastet, der aber unsere Beziehung zu etwas Besonderem und Dauerhaften macht. Und ich bilde mir nach wie vor ein, dass dir das auch gefallen würde.

Ich bin so glücklich, dass du mir ein Bild von dir gegeben hast und schaue es mir lange auf dem Bildschirm an.

Kurz vor 9 Uhr schicke ich dir eine SMS: „Guten Morgen Pat, ich wünsche dir wieder eine gute unbehinderte Fahrt. Ich komme wie üblich, freue mich. Bis nachher lg Fred". Nach einer Sitzung finde ich deine Antwort von 10 vor 10: „Hallo Fred werde mich auf den Weg machen. Bis später freue mich. Lg Pat".

Endlich ist 14:30, ich starte und bin kurz vor 15 Uhr an der Theke, du bist nicht zu sehen.

Dann kommt die erschreckende Bestätigung von einer Betreuerin, die immerhin sofort auf mich zu eilt: du bittest mich um etwas Geduld, du bist mit einem Gast oben. Die Betreuerin fügt hinzu „wenn eine halbe Stunde, dann kommen sie bald, aber das weiß ich nicht".

Ich bin eifersüchtig, keine Frage, fasse mich aber in Geduld, trinke etwas, gehe kurz an den PC. Als ich 15:10 zurücklaufe, kommst du gerade von oben. Ich lache dich an, du läufst aber, nur mit kurzem Blick ohne sichtbare Regung, mit dem Gast an mir vorbei. Als du dann vom Empfang zurückkommst, schaue ich dir sehnsüchtig entgegen. Du kommst sofort zu mir und wir begrüßen uns herzlich. Du holst dir noch einen Kaffee und während ich dir dabei zuschaue, bemerke ich, dass sich Form und Farbe deiner Frisur geändert haben. Die Strähnen sind weg, du bist hellblond. Ich spreche dich darauf an, du findest es furchtbar verunglückt, so gelb. Ich versuche dich zu beruhigen, es sei zwar ungewohnt, aber es steht dir auch. Du schaust dann auf meine Haare und meinst, die seien aber doch nicht richtig kurz. Das enttäuscht mich etwas, denn ich habe sehr viel abscheiden lassen.

"Ich habe dafür Vorwürfe von meiner Frau einstecken müssen, dass es zu kurz ist und es ist ein Kompromiss für mein Haarteil"
Ich necke dich, dass du nicht von deinen altersbedingten schwindenden Chancen reden sollst, schließlich seien nur 3

Männer, aber 10 Mädchen anwesend und ausgerechnet du bist auf dem Zimmer, wenn ich komme.

Du lächelst nur still.

Dann sprichst du von den Schulproblemen deiner Tochter, das macht dir wirklich große Sorgen. Sie hat innerhalb der Schule in eine andere Klasse gewechselt, weil die Schulform gut ist. Ich bestärke dich darin noch mal.

Aber sie hat wohl damit große Probleme und hat dich hier schon angerufen.

Du musstest sie an ihren Vater verweisen. Es tut mir sehr weh, dass ich dich nicht wirklich trösten und dir eigentlich auch nicht helfen kann.

Ich spreche dann noch unsere Übernachtung an und wie schön es war und frage

„hast du es bereut?"

"nein, auf keinen Fall"

Du holst uns Getränke und wir gehen auf das Zimmer mit dem Bildschirm. Du machst zum ersten Mal eine Bemerkung dazu mit Blick auf den Bildschirm, ich erwidere

„ich habe nichts dagegen, habe aber kaum hin geschaut bisher, außer du warst gerade mal außen, wenn du da bist, zählst nur du"

Ich weiß nicht, ob du mir das glaubst, denn du schaust ein wenig ungläubig, aber ich empfinde das seit Wochen genau so.

Dann spreche ich an, dass mich deine SMS schon etwas beunruhigt hat, weil es dich belastet, wenn ich leide. Du sollst dir keine Sorgen machen, es soll dich nicht belasten. Ich überlege, ob ich dir von meinen vielen Zweifeln, dem auf und ab meiner Gefühle mehr erzählen soll. Damit würde ich meine seelische Verfassung vor dir völlig bloß legen. Andererseits ist mein Leiden nicht abänderbar, es ist einfach die Kehrseite des Glücks, dass ich derzeit empfinden darf und auf das ich nicht verzichten möchte.

„es ist wie es ist, ich kann mein Leiden nicht abstellen, aber du sollst nicht belastet sein"

„aber das kann ich dann auch nicht abstellen, das ist dann eben so"

Ich spreche noch mal an, dass ich schon überrascht war über deine finanzielle Forderung für letzten Mittwoch und das damit wirklich meine finanzielle Schmerzgrenze überschritten war.

„ich weiß"

Es klingt traurig.

„du hast damit klar signalisiert, dass es eine starke Grenze gibt zwischen Job und Privat, ich habe es verstanden. Ich würde es trotzdem gern wieder machen, wenn sich eine Gelegenheit ergibt, du auch?"

„ja, sehr gern"

„ich danke ich dir für dein Vertrauen und die Gestaltung, die Flasche Wein war eine sehr nette Idee"

Dann geben wir uns wie immer dem Kuscheln, Streicheln und Entspannen hin. Du schaust etwas nachdenklich auf meinen Bauch.

„was hast du heute gegessen?"

„heute Mittag hatte ich mit meiner Arbeitsgruppe Weihnachtsessen, es war lecker und viel und ich habe noch das Dessert von meiner Kollegin bekommen"

Ich verwöhne dich wieder mit langem Streicheln und mit der Zunge. Du kuschelst dich danach an mich mit dem Kopf auf meiner Brust und beginnst mit langsamer Steigerung auch mich zu streicheln und zu verwöhnen. Ich habe das Gefühl, du wählst diese neue Lage gezielt, damit wir beide, besonders auch ich, direkt auf den Bildschirm schauen können. Die gezeigten Szenen und deine Behandlung führen zu einem ganz passablen Stehvermögen und du verwöhnst mich mit dem Mund. Heute musst du anschließend doch wieder zur Handentspannung zurück kehren und meinst danach etwas enttäuscht aber lächelnd

„diesmal warst du aber nicht enthaltsam"

„ich konnte mich am Freitag, als ich allein im kleinen Zimmer schlief, nicht zurückhalten und die Gedanken an dich haben mir eine hohe Erregung und Entspannung beschert"

Wir verbringen die Zeit weiter wie immer mit Streicheln und Kuscheln in verschiedenen Stellungen und stille Phasen wechseln mit Gesprächen.

Du rauchst eine Zigarette und rufst deinen Sohn an, um nach deiner Tochter zu fragen. Sie ist noch nicht heimgekommen. Du machst dir Sorgen. Ich frage nach dem Verhältnis deiner Kinder zu ihrem Vater.

„meiner Tochter ist das eher egal, aber mein Sohn geht häufig nachmittags zu ihm"

Du fragst nach meiner Freundin, die derzeit im Urlaub ist, und ich erzähle, dass wir fast täglich telefonieren.

Du fragst nach meinem Vortrag letzten Samstag und ich sage noch mal, wie sehr ich mich über deine SMS gefreut habe und dass mein Vortrag gut angekommen ist. Du fragst, ob es mir nicht peinlich war mit meinem Sohn als Zuhörer und dann, ob er wohl stolz auf mich ist. Es ist mir nicht peinlich, wir haben ja auch gleiche Meinungen und er ist wohl schon ein bisschen stolz auf seinen Vater.

Ich spreche von der Beziehung zu meinen Kindern. Als sie klein waren, war die Beziehung enger zur Tochter, später enger zum Sohn. Aber trotz aller Nähe haben sie im Streitfall immer voll zu ihrer Mutter gehalten, dann war ich der Verlierer. Darum konnte ich mich auch nicht trennen, denn ich wollte bei meinen Kindern sein. Als Erwachsene stehen sie aber voll zu mir und bedauern mich oft wegen dieser Frau, ihrer Mutter.

Du fragst, ob ich die Strecke allein gefahren bin oder mein Sohn mich abgelöst hat, ich sei ja zügig wieder zurück gewesen. Ich erzähle dir, warum ich meinen Sohn nicht mit meinem Dienstwagen fahren lasse.

Dann reden wir über deine Permanent-Schminke. Die hält etwa 5 Jahre (bei den Lippen ist es jetzt 3 Jahre her). Es ist wie eine Tätowierung und tut höllisch weh, besonders an den Augen. Aber du findest es schön, immer perfekt geschminkt zu sein.

„triffst du dich häufig mit deiner Freundin und beredest alles mit ihr?

„ja, sehr häufig"

„hast du mit ihr auch über mich gesprochen?"

„ja, viel"

Ich habe Angst, dass du sehr von ihr beeinflusst wirst und dann alles so machst wie es ihr gefällt oder ihr zugute kommt und nicht wie es für dich am besten wäre. Ich bin eifersüchtig und besorgt, aber ich kann das nicht ansprechen, denn dann würdest du zu ihr stehen und nicht mir glauben, nicht deine Freundin für eigennützig halten, sondern mich.

Dann erzählst du, dass sie heute hier vorbei kommen will zu Besuch. Du findest das überhaupt nicht nett, weil sie dich hier mit diesem Job allein gelassen hat. Du magst es nicht, wenn sie nur zum Reden hinter der Theke herkommt, wenn du hier arbeitest.

Ich spreche über die vielen Mädchen, die heute anwesend sind und dass manche nicht nur meine Tochter, sondern meine Enkel sein könnten. Manchmal sei das schon komisch, aber jetzt spielen die alle für mich ja keine Rolle mehr.

„gibt es häufiger so beständige Stammgäste wie mich?"

„nein, sehr selten, aber meine Freundin hat auch mal einen gehabt"

Dann erzähle ich dir von meiner Begegnung mit der Tantra-Queen in Berlin vor etwa 10 Jahren. Solange etwa mache ich schon Tantra.

In Anspielung auf den Bildschirm und unsere heutigen Blicke dorthin spreche ich dich auf Pornos an. Du selbst hast keinen Bedarf oder besondere Anregung dadurch, aber du schaust es schon an, früher gemeinsam mit deinem Mann, jetzt nur noch hier.

„aber wenn ich jetzt selbst hier so was mache…"

„das klingt so abwertend, du musst so nicht von dir sprechen, dazu gibt es gar keinen Anlass"

Ich erzähle dir, dass ich schon immer gern Pornos geschaut habe, früher Kassetten, zunächst mit meiner Frau, später auch allein. Irgendwann bin ich dann auf Porno-Videos im Netz gestoßen und habe dann gezielt welche runtergeladen, die ich mir oft ansehe, wenn ich allein schlafe. Du hörst interessiert zu und schaust mich offen an.

„Stört dich das?"

„Nein, das ist doch nichts Schlimmes, warum solltest du nicht?"

Du machst dir große Sorgen um deine Tochter, du möchtest, dass sie bei dem Klassenwechsel bleibt. Aber ihre Abwehr, ihre körperlichen Beschwerden beunruhigen dich.

Dann spreche ich noch mal über die Entwicklung unserer Beziehung, und dass ich häufig auch dunklere Gedanken habe, auch mal nicht so Positives über dich denke. Du bist hellwach und meinst, du möchtest das gern alles wissen. Ich bitte dich zu versprechen, dass du mir nichts persönlich übel nimmst, mir auf keinen Fall böse bist. Du versprichst es. Ich umarme dich und halte meine Lippen länger auf deinem Mund, du wehrst dich nicht.

Dann rede ich wieder davon, wie sehr sich meine Sexualität, mein Gefühle, mein Leben insgesamt durch dich verändert haben. Du bist einen Augenblick ganz ruhig.

„und plötzlich ist alles ganz anders"

Dann überlege ich, ob du damit zum Ausdruck bringen möchtest, dass auch für dich alles ganz anders ist.

Ich werde bis zum nächsten Treffen noch mal darüber nachdenken und es mit dir besprechen. Ob du mir verrätst, dass sich auch dein Leben durch mich verändert hat, eine unerhoffte Wendung genommen hat?

Wir berühren und streicheln uns lange schweigend.

„erstmal nur noch am nächsten Dienstag, dann ist Pause, hier ist am 25.12. und am 1.1. geschlossen"

Du scheinst es zu bedauern, dass wir uns dann selten sehen.

Ich verspreche, dass ich am 27. und 28.12. versuchen werde zu kommen, wenn du dann in das Haus nebenan kommst.

Du fragst, ob ich Urlaub habe und gehst wohl davon aus, dass ich Schwierigkeiten haben werde, zu kommen. Ich hoffe inständig, dass überhaupt geöffnet ist und du kommst, dann werde ich das schon hinkriegen, und frage

„Würdest du mich vermissen, wenn ich nicht mehr käme?"

„Ja, natürlich"

Es bleibt offen, ob nur wegen der ausfallenden Einnahmen. Ich nehme stillschweigend an, dass es auch aus Zuneigung zu mir ist.

Wir verabreden, dass ich an deinem nächsten Anwesenheitstag im Haus nebenan um 14 Uhr dorthin komme. Um die Zeit willst du auf jeden Fall da sein.

Dann gehen wir zum Essen. Du gehst kurz zu deiner Freundin an die Theke, dann kommst du zu mir zurück. Deine Freundin kommt zu uns, du stellst uns vor. Sie begrüßt mich mit „habe schon viel von dir gehört". Ich antworte „ich habe auch schon viel gehört". Dann bringt sie uns was zu trinken, flüstert dir was ins Ohr und lässt uns wieder allein.

„wie findest du sie"

„doch, ganz nett. Aber sie hätte ich hier nicht ausgewählt"

„nicht dein Typ, sie ist dir wohl auch zu groß"

„außerdem ist sie blond"

necke ich dich. Wir lachen beide.

„du bist eben was ganz besonderes, dass ich dich trotzdem erwählt habe"

„danke dir für dieses Kompliment"

Was ich dir verschweige ist, dass ich unglaublich eifersüchtig auf deine Freundin bin, weil sie dir viel näher kommt und ist als ich. Ich habe auch Angst vor ihrem Einfluss auf dich. Du wirst nichts tun, was sie nicht will. Und ich habe nicht nur meinetwegen Angst, sondern auch, dass sie eigennützig über dich bestimmt, du also nur gibst und nichts bekommst. Das hast du eigentlich selbst schon so formuliert, als du mir das erste Mal von ihr erzählt hast.

Dann reden wir noch über ein paar Themen vom letzten Mal. Du hast eine Meldung mit Foto von der Geschwindigkeitsüberschreitung bekommen mit 123 km/h statt erlaubten 100 km/h. Ich mache mir Sorgen um deinen Führerschein, versuche dich aber zu beruhigen.

Dann bringst du mich untergehakt zur Treppe und verabschiedest dich mit Küsschen. Du bist dann aber schnell wieder außer Sichtweite. War ein anderer Gast in Wartestellung oder drängt es dich, deine Tochter anzurufen, oder willst du zu deiner Freundin?

Mein Teufelchen ruft „Gast", mein Engelchen „Tochter", meine Eifersucht „Freundin". Ich bin also auf deine Freundin eifersüchtiger als auf einen anderen Gast. Das ist schon merkwürdig.

Von daheim schicke ich dir eine SMS: „Bin gut angekommen. Hast du deine Tochter erreicht? Ganz liebe Grüße, Fred". Leider kommt den ganzen Abend keine Antwort. Um 1:20 wache ich auf und tatsächlich ist von 1:16 eine SMS da: „Bin endlich zuhause. Meine Tochter hat mehrmals angerufen. Sie ist verzweifelt. Das belastet mich sehr! Bis bald. Lg Pat".

Am nächsten Tag auf der Fahrt zur Arbeit denke ich wieder über deine Freundin nach, ich bin wirklich eifersüchtig. Drängt sie dich auf Ausstieg wegen mir? Mir fließen dicke Tränen übers Gesicht.

Vormittags rufe ich dich an und du bist zu meiner großen Freude mit lieber Stimme und liebem „Guten Morgen" gleich dran. Sofort sind alle meine Bedenken wegen deiner Freundin weggeschmolzen. Ich frage nach deiner Tochter, wünsche dir Kraft. Sie ist wohl mit der Hilfe durch Psychologen einverstanden. Du machst dir große Sorgen, dass sie schon in dem Alter bereits in so ein seelisches Loch gefallen ist. Ich wünsche dir noch mal viel Kraft und Erfolg und biete dir an, dass du dich jederzeit melden darfst, wenn du mit jemandem reden möchtest. Ich bin so froh, dass ich dich angerufen habe. Dann hetzte ich durch die vielen Sitzungen des Tages. Irgendwann fällt mir siedend heiß ein, dass ich mich morgen unbedingt um ein Weihnachtsgeschenk für dich kümmern muss.

Eine der Sitzungen schwänze ich eine Stunde und schreibe an meinen Notizen über uns.

Abends suche ich im Internet Informationen wegen deiner Geschwindigkeitsüberschreitung, drucke dazu etwas aus und schicke dir eine SMS: „Hallo Pat, bei 21-25 kmh 40 Euro und 1 Punkt, erst ab 41 kmh Fahrverbot. Gute Nacht, Fred".

Als ich später gerade wieder am PC bin, kommt deine Antwort: „Vielen Dank Fred. Jetzt bin ich aber ein bisschen beruhigt. Schlafe schön und träume süß. Drücke dich".

Jetzt geht es mir wieder richtig gut, ich liebe dich.

Am nächsten Morgen bin ich mit meinen Gedanken wieder bei der Rolle, die deine Freundin spielt. Es stimmt mich traurig, dass möglicherweise nicht deine Zuneigung für mich wirklich darüber entscheidet, wie du mit mir umgehst, sondern dass du auf sie hörst. Du willst sie nicht noch mehr verlieren, eher wieder mehr Nähe gewinnen, du möchtest ihr gefallen. Und ich befürchte wieder, dass sie dir empfiehlt, was für sie nützlich ist und du das gern so machst. Ich bin traurig, dass das möglicherweise nicht unbedingt das Beste für dich ist, von mir mal ganz abgesehen. Aber du willst das wegen ihr so und ich kann das nicht ändern. Genauso wenig wie du ändern kannst, dass ich nur noch mit dir zusammen sein will und keine anderen Abenteuer mehr suche.

Die Angst nimmt wieder zu, dass du dich doch irgendwann von mir zurückziehst, andere Gäste oder private Verpflichtungen vorschiebst, nur weil deine Freundin es so möchte.

Kann es sein, dass sie in die Fußstapfen ihrer Tante treten will und in die Betreuung der Clubs einsteigt. Drängt sie dich vielleicht deshalb aufzuhören, damit du das nicht mitbekommst? Was macht ihr Freund, ist der etwa im Rotlicht-Milieu tätig? Irgendwie scheint mir beides sehr plausibel. Aber wenn es so wäre, dann würdest du es nicht wahrhaben wollen.

Plötzlich gehen bei mir alle Alarmglocken an wegen deiner Bemerkung, dass deine Freundin auch mal einen so beständigen Stammgast hatte. Hatte! Bis er finanziell am Ende war?

Daraus ist also nicht mehr entstanden. Hast du mir das einfach so erzählt oder war es ein bewusster Hinweis, dass es eben irgendwann wieder zu ende sein muss?

Allerdings habe ich angefangen, davon zu sprechen.

Vormittags träume ich und mache mir Notizen. Mittags fahre ich in die Stadt zu Weihnachtseinkäufen. Zum ersten Mal in meinem Leben traue ich mich in eine Dessous-Abteilung und kaufe für dich eine Vierer-Kombination. Es ist etwas schlicht Sportliches und ich hoffe natürlich, dass du es annimmst und es dir gefällt. Den ganzen Tag denke ich ständig an dich, ich beschäftige mich durch meine Träume und die Einkäufe immer nur mit dir.

Welch ein Glück ist mir doch widerfahren, dass ich dir begegnet bin und du so viel Zeit mit mir verbringst. Du bist ein wunderbares Geschenk für mich und natürlich sehne ich mich danach, dass du zunehmend entsprechende Gefühle für mich entwickelst. Aber ich muss auch ehrlich eingestehen, dass ich eigentlich schon eine Zumutung für dich bin.

Ich wünsche dir inständig, dass du alle deine Probleme in den Griff bekommst und sich deine Sorgen mit deiner Tochter wieder verflüchtigen.

Nachmittags ruft mich meine Freundin aus dem Urlaub an und macht mir Vorhaltungen, weil ich sie dieser Tage nicht wie versprochen abends angerufen habe. Sie ist sehr getroffen, dass ich sie so vernachlässige: „dann ist es eben so, ich muss es nur wissen und mein Verhalten entsprechend ändern". Sie schiebt es auf meinen Einsatz als Babysitter. Ich versuche abzuwiegeln, zu erklären, dass ich mich über jeden ihrer Anrufe auch immer sehr freue und dass es mir sehr leid tut. Ich wäre eben sehr müde gewesen und hatte keine Kraft mehr.

Wenn sie wüsste, dass es wegen dir ist! Dir gehört meine ganze Zeit, abends habe ich von uns geträumt, war in Gedanken ganz bei dir und habe meine Freundin wirklich vergessen.

Plötzlich kriecht die Angst in mir hoch. Bin ich gerade auf dem besten Weg, alles zu verspielen?

Verliere ich meine Frau durch Krankheit und Tod, meine Freundin aus Enttäuschung über meine Zurückhaltung und geringe Zeit für sie, dich wegen einer veränderten Lebensplanung bei dir oder meiner finanziellen Situation und meine Kollegin sowieso wegen Ruhestand. Dann habe ich alles verloren, bin ganz allein.

Im Moment kann ich mir überhaupt nicht vorstellen, Vertrauen und Nähe zu einer anderen Frau als dich haben zu wollen und haben zu können.

Am Freitag gehe ich allein schwimmen, weil meine Freundin nicht da ist. Danach rufe ich dich vom Arbeitsplatz aus an. Du meldest dich wieder mit einem fröhlichen „Guten Morgen Fred", du bist gerade im Bad, und wir unterhalten uns über unsere jeweiligen heutigen Tagespläne. Du willst noch mal zum Friseur, das macht mich neugierig, ich bin gespannt, was du ändern lässt. Du bedankst dich für meinen Anruf, du hast dich offensichtlich ehrlich darüber gefreut, und wir freuen uns beide auf Morgen. Es ist so beruhigend, mit dir zu sprechen, du bist dann so nahe und vertraut, es gibt keine dunklen Gedanken.

Endlich wieder ein Trefftag. Nach den Einkäufen vormittags schreibe ich dir eine SMS: „Guten morgen Pat, gute Fahrt, ich komme um 15 Uhr und bleibe 2 Stunden, wenn du magst, bin aufgeregt und freue mich. Lg Fred".

Bis mittags ist noch keine Antwort da. Langsam legt sich Sorge über die Vorfreude, dass es heute nicht klappen könnte. Aber dann beruhige ich mich, dass du dich nur melden wolltest, wenn es nicht klappt. Wenn du also trotzdem antwortest, dann wahrscheinlich, wenn du angekommen bist.

Endlich kann ich losfahren und komme kurz vor 15 Uhr an. Ich rufe dich an, du bist gerade angekommen. Ein Stein fällt mir vom Herzen, ich gehe gleich rein. Du kommst noch in normaler Kleidung sofort ins Zimmer und bringst mir Kaffee und Kuchen und begrüßt mich herzlich.

„und wo bist du jetzt offiziell"

„bei der Gewerkschaft auf einem Workshop"

Dann gehst du dich umziehen, ich mich duschen. Als du wiederkommst bringst du eine Flasche Wasser und ein gemeinsames Glas mit.

Du wolltest heute fast nicht kommen, weil dich das Verhalten deiner Tochter so bedrückt, aber du hältst eben versprochene Termine. Deine Tochter hat auch Angst, dir könnte auf der Autobahn etwas passieren. Die Sorgen habe ich auch immer, aber das lässt sich ja nicht ändern. Du hast einen Psychologen-Termin Anfang nächsten Monats für deine Tochter vereinbart.

Ich kann gar nicht genug davon bekommen, dich zärtlich zu umarmen.

Wir sprechen über deine Haare und dass sie jetzt nach dem neuen Friseurbesuch wesentlich besser geschnitten sind als letzte Woche.

„warum hast du nichts gesagt? Hättest du es mir gesagt?"

„ich hatte es bemerkt als du an der Kaffeemaschine standest, es dann aber vergessen als du bei mir warst"

Dann legen wir uns nebeneinander bäuchlings aufs Bett und du redest dir die Probleme mit deiner Tochter von Herz und Seele und lässt dich dann in Ruhe versunken von mir streicheln und verwöhnen. Ich kann gar nicht den Blick von deinem wunderschönen so entspannt ruhigem Gesicht lassen. Ich hoffe, ich kann dein Grübeln ein wenig verdrängen, ansonsten kann ich dir leider gar nicht beistehen. Ich versuche es trotzdem mit dem Hinweis, dass du immer ganz ruhig bleiben und dich nicht auch noch hineinsteigern sollst, wenn deine Tochter ausrastet. Als du erzählst, dass deine Freundin gestern mit deiner Tochter geredet hat und deine Tochter dich anschließend umarmt hat, bin ich wieder neidisch auf deine Freundin. Wie gern wäre ich an ihrer Stelle.

Nachdem ich dich verwöhnt habe, bedankst du dich und sagst ausdrücklich, dass es sehr schön gewesen sei.

Ich sage dir, dass deine Schamlippen genauso hübsch sind wie jede Stelle deines Körpers, einfach perfekt und angenehm zu betrachten. Ich erzähle ehrlich, dass ich ja schon viele in meinem Leben gesehen habe. Du fragst, ob es viele und große Unterschiede gibt, was ich bestätige.

Wir kommen wieder auf mein Sexualleben und meine Bordellbesuche zu sprechen. Du fragst nach meinen Gründen.

Es kann daran gelegen haben, dass mein erstes Mal mit einer Frau im Bordell war, und ich deshalb immer wieder neugierig auf Wiederholung war. Hinzu kam meine zwar sehr aktive aber unerfüllte eheliche Sexualität. Über viele Jahre bin ich, gerade auch auf Geschäftsreisen, vielleicht einmal im Monat ins Bordell gegangen. Du fragst, mit wie vielen Frauen ich wohl zusammen gewesen bin. Nun, 45 Jahre mit 12 Monaten ergibt 540, abzüglich Wiederholungen waren es dann vielleicht 400 verschiedene Frauen. Du bist doch überrascht.

„davon 40-50 in den letzten fünf Sommermonaten.

Sind die Männer eigentlich sehr verschieden gebaut?"

„nein, viele sind sich sehr ähnlich"

„und wie groß war die Zahl deiner Partner?"

„viel weniger"

Ich gebe dir recht, weil du es noch nicht so lange machst und du wohl überwiegend Stammgäste hast. Das bestätigst du. Ich spreche darüber, dass Prostitution für mich nie eine andere abzuwertende Welt gewesen ist. Ich habe immer Respekt gehabt und keinen Unterschied zwischen Anbieten und Nachfragen gesehen.

„verurteilst du mich für diese Aktivitäten?"

„nein, auf keinen Fall. Gibt es für dich bei der Wahl der Frauen eine Altersgrenze nach unten?"

„nein, obwohl es meine Enkelinnen sein könnten. Als ich sehr jung war, gab es eine Grenze nach oben, aber umgekehrt nie.

Mit den ganz jungen ist es aber immer reine Triebbefriedigung, es könnte nie so wie mit dir sein"

Ich spreche davon, dass doch wohl fast alle Männer regelmäßig zu einer Prostituierten gehen. Bei der immer wieder genannten Dunkelziffer und einem Gast pro Tag ist das gar nicht anders möglich. Du glaubst nicht, dass wirklich so viele Männer das machen.

Du hörst mir bei allem mit einer gewissen neugierigen Wissbegierigkeit zu, gibst sehr sachliche Antworten. Nur wenn ich anspreche, wie viel du mir bedeutest, wie sehr ich dich mag, dann strahlst du eine traurige Ruhe aus und sagst sehr wenig dazu.

An mich gekuschelt verwöhnst du mich zärtlich, langsam und zum Wahnsinn treibend bis ich nach langer Mühe endlich zur Entspannung komme.

Dann erzähle ich dir von der Enttäuschung meiner Freundin über meinen versprochenen und vergessenen Anruf. Ich habe ihn vergessen, weil ich von uns geträumt habe. Du bist offenbar besorgt, dass diese Freundschaft deinetwegen Schaden leidet. Aber ich versichere dir, dass das wieder in Ordnung kommt und mir sehr viel an meiner Freundin liegt. Du hast großes Verständnis für sie und fragst, ob ich ihr meine Zuneigung auch zeige. Ich sage dir, dass ich sie schon immer wissen lasse, wie sehr ich mich freue, wenn sie sich meldet.

Wir reden über diese Freundschaft. Meine Freundin hat nie Gefühle zugelassen, ich habe aber oft gelitten, wenn sie nichts von sich hören ließ. Und jetzt, wo ich das inzwischen ertrage, macht sie mir den Vorwurf, dass ich sie vernachlässige. Du bist dir sicher, dass sie meine innere Abwesenheit spürt, merkt, dass ich mich deinetwegen verändert habe. Wir sind uns beide sicher, dass das auch mit ihrer Midlife-crisis zu tun hat.

Noch mal reden wir von meinem unruhigen Sexleben und meinem Gefühl, dass ich mit dir endlich gefunden habe, was ich wirklich immer unbewusst gesucht habe: einen lieben, vertrauten Menschen für gegenseitige zärtliche Umarmungen.

Mein Experiment, jahrelang oder immer ohne Streicheleinheiten auszukommen, ist gescheitert. Ich bin unendlich dankbar, dass ich dir begegnet bin.

Ich erzähle, dass ich mich über meine Frau geärgert habe, weil sie schon langfristig an der heutigen Tanz-Party, zu der alle anderen kommen, nicht teilnehmen wollte. Sie wollte unbedingt die Enkelkinder betreuen und das hätte dann beinahe gar nicht geklappt. Ich bin traurig, dass sie zunehmend weniger Interesse am Tanzen hat. Ich rede vom Führen beim Tanzen und dass meine Frau leider die Führung zu wenig annimmt, wir aber trotzdem recht gut zusammen tanzen, freier und besser als viele andere, aber es könnte noch besser sein. Du lächelst als ich vom „Führen annehmen" spreche. Wie wäre es wohl mit dir?

Du erzählst dann, dass du nun doch Heilig Abend mit deinen Kindern zusammen bist, bei deiner Schwester. Sie ist älter und hat eine Tochter. Ich freue mich sehr für dich.

Als unsere Zeit um ist sage ich dir wieder, wie wunderbar es mit dir ist und ich mir wünsche, dass du auch etwas davon hast, mehr als nur das Geld.

„ich weiß, es war sehr schön und du hast mich so wunderbar von meinen Problemen abgelenkt"

Zum Aufräumen kommst du mit einem Jogginganzug rein, weil du den Zigarettenrauch auslüften willst.

Ich sage dir, was ich empfinde und sehe: du kannst tragen was du willst, du siehst immer begehrenswert und schön aus.

Dann heißt es Abschied nehmen, zum Glück nur für einen Tag.

Als ich heimkomme, bin ich nach dem Besuch bei dir glücklich, entspannt, ruhig und unendlich müde. Am liebsten würde ich mich direkt schlafen legen. Um 20:30 schicke ich dir eine SMS: „Liebe Pat, ich habe mich wieder so unendlich wohl bei dir gefühlt. Danke, danke fürs Streicheln von Körper und Seele. Schlafe gut, träume schön, bis bald lg Fred".

Um 21:15 kommt deine Antwort: „Es ist schön, dass ich dich etwas glücklich machen kann. Auf der anderen Seite mache genau ICH dich auch unglücklich. Ich hoffe aber, dass die Freude überwiegt. Träume süß. Lg Pat".

Einerseits freue ich mich über deine lange und liebe Antwort. Andererseits sagst du mir damit ziemlich deutlich, dass es wohl ein WIR nicht geben wird. Es ist ein Appell, den Augenblick glücklich zu genießen und mich nicht in irgendetwas hineinzusteigern. Natürlich bin ich traurig, aber ich werde weiter mit dir zusammen sein wollen, die Augenblicke genießen und ein wenig glücklich sein. Meinen Kopf, meine Seele, mein Herz wirst du nie wieder verlassen, genauso wenig wie meine Jugendbrieffreundin.

Traurig, aber doch irgendwie ruhig und glücklich denke ich an die vielen Hinweise von dir, nicht zu viel zu erwarten.

Da war die SMS nach der Hotelnacht, dass ich mich freuen soll über meine stabile Familie und glücklich auch darüber sein soll, das Glücksgefühl des Verliebten noch mal erleben zu dürfen.

Dann die SMS, dass es dich belastet, wenn ich leide und dann die heutige, dass du die Urasche dafür bist, dass ich glücklich und unglücklich zugleich bin.

Ich bin dir offenbar nicht ganz gleichgültig, aber du kannst mir nicht mehr geben.

Ich freue mich natürlich über dieses Vertrauen, diese Ehrlichkeit, deine Sorge um mich, offensichtlich auch aus Zuneigung. Aber das Signal ist klar, ich soll zur Normalität zurückkehren und irgendwann ist alles vorbei.

Es zerreißt mir das Herz, aber es ist eben die Wahrheit, so ist die Wirklichkeit.

Ich gehe früh ins Bett und träume von uns. Es ist unglaublich, dass wir noch im Oktober so selten und dann auch jeweils nur eine halbe Stunde zusammen waren. Ich bin sehr aufgeregt.
Ich schlafe schnell ein und schlafe tief und lange.

Am nächsten Morgen mischt sich in das Grübeln der Tagtraum, dass du zu mir sagst: „du zerstörst dein Leben, es ist aber keine Liebe von mir. Ich mache mir große Sorgen um dich".
Im Traum antworte ich dir: „du sollst dir keine Sorgen machen, es soll dich auf jeden Fall nicht belasten. Ich bin selber groß und du musst dich ganz auf deine Tochter konzentrieren".
Während ich mit meiner Enkelin spiele, denke ich plötzlich darüber nach, dass bei dir im Club seit einer halben Stunde geöffnet ist, du hast vielleicht schon einen Kunden. Ich wünsche dir zwar Zuspruch und Einnahmen, aber es wurmt auch, dass ich dich teilen muss, das lässt sich einfach nicht abschalten.
Ich sehne mich so nach dir. Freust du dich auf meinen heutigen Besuch? Soll ich dich anrufen, ob es früher und länger möglich ist? Wäre ich dann nicht am Boden zerstört, wenn du schon andere Verabredungen gemacht hast?
Ich fahre zeitig los, um meine Enkelin heimzubringen. Als ich dort wieder starte, rufe ich dich an, beim dritten Versuch bist du dran und bist einverstanden, dass ich etwas eher komme und etwas länger bleibe.

„ich warte auf dich"

Als du ins Zimmer kommst, schaust du mich so herzlich, offen, ehrlich und ganz lieb an.

„ich habe über alles nachgedacht, was du mir über dich erzählt hast. Ich habe nicht gewusst, dass es so arg bei dir ist"

Ich sehe dir an, dass es dich belastet, aber ich sehe auch Zuneigung und deinen Wunsch, mir zu helfen. Auf jeden Fall signalisiert dein Blick keine Abwendung, sondern die Bereitschaft, einen gemeinsamen Weg für unsere komplizierte Beziehung zu finden, einen Weg, der mir das Leiden und dir die Belastung nimmt.

Als ich dich intensiv anschaue, meinst du, dass du deine Haare wieder etwas wachsen lassen möchtest. Ich bin nicht sicher, ob mir das gefällt.

„ich hol uns noch ein Wasser, dann kannst du mich alles fragen"

Du erzählst, dass du hier immer schlecht schläfst. Als du heute Nacht aufgewacht bist, hast du sofort an mich gedacht.

„aufgewacht, Fred gedacht"

Das geht mir ans Herz, meine Schilderungen meiner Gefühle und Gedanken haben dich also wirklich bewegt. Irgendwie spüre ich eine noch viel größere Nähe zwischen uns. Wie gern wüsste ich, ob du eine Veränderung für dich spürst. Ist deine Zuneigung gewachsen oder eher deine Belastung?

Aber was soll ich dich fragen? Natürlich scheue ich die direkte Frage „du liebst mich also nicht?", denn ich will einfach keine endgültige Antwort provozieren, die Hoffnung stirbt zuletzt.

Wir reden also darüber, dass ich gestern Abend auch noch mal über alles nachgedacht habe und erstaunt war, dass wir uns zunächst immer nur so kurz getroffen haben und wie viele andere Frauen ich noch hatte, obwohl ich doch bereits verliebt in dich war.

Du meinst dann, dass dich viele meiner Formulierungen an deinen verstorbenen Bekannten erinnern, seine Worte. Wir reden darüber, dass du mir gegenüber möglicherweise immer ein bisschen Bedenken in dir trägst, dasselbe Ende mit mir auch noch mal erleben zu müssen.

Du sprichst dann davon, dass mein Leiden dich schon belastet.

„Ich mache dich unglücklich"

„aber in erster Linie auch sehr glücklich und ich will es so, ich kann und will mich nicht dagegen wehren, du sollst dir keine Sorgen machen, es soll dich nicht belasten, lass es uns jeder auf seine Weise genießen"

Die konkrete Aussage, dass es von deiner Seite keine Liebe ist, bleibt unausgesprochen, auch sagst du nichts weiter über die Tiefe deiner Zuneigung. Aber ich spüre und du deutest es an, dass du dich bei mir wohl und geborgen fühlst. Das allein schon macht mich glücklich.

Dann sage ich, dass du mich sehr verändert hast, ich habe eine positive Ausstrahlung bekommen, ich lächle andere, besonders auch Frauen eher an als bisher. Ich habe plötzlich echt Chancen bei Frauen, necke ich dich, denn durch mein Lächeln hat schon manche nette Frau, die mich bisher gar nicht beachtet hat, zurückgelächelt oder mit mir geplaudert. Auch im FKK-Club lächle ich alle an, während ich bisher eher finster geguckt habe.

Wir sprechen über meine Bärbeißigkeit und dass das auch ein gewisser Schutz ist. Früher wollte ich erstmal ankommen, die Blicke schweifen lassen und nicht jeder Frau gleich signalisieren, dass ich zu haben bin. Jetzt wo allen klar ist, dass sie keine Chance mehr bei mir haben, kann ich ungezwungen lächeln.

Du sprichst die Situation einer unerfüllten Liebe an. Auch dein verstorbener Bekannter oder dein Liebhaber am Ende deiner Ehe haben dich immer wieder auf Heiraten angesprochen, wollten oder wollen nicht einsehen, dass die Zuneigung einseitig ist. Ich versichere dir wieder, dass ich dich nie bedrängen werde, dass du dir darüber keine Sorgen machen musst. Ich würde sehr gern wieder eine Hotelnacht mit dir verbringen, aber auch daran würde ich keinerlei weitere Erwartungen knüpfen. Ich habe unsere Situation, meine Lage verstanden und ich möchte das Beste für uns beide daraus machen. Vielleicht gibt es einen dritten Weg neben Freundschaft und Liebe für uns.

Du meinst, dass es mir so geht wie dir mit deiner Freundin. Du möchtest sie wieder für dich, du willst nicht wahr haben, dass deine Liebe nicht erwidert wird, du gibst die Hoffnung nicht auf. Andererseits weigerst du dich jetzt hin und wieder, alles wie bisher für sie zu tun, verweist sie dann hin und wieder auf ihren Freund, der es für sie machen könnte.

So sind wir beide in einer unerwiderten Liebe gefangen. Mir ist in dem Moment völlig klar: wenn sich deine Freundin von ihrem Freund trennt und zu dir zurückkommt, dann bist du endgültig für mich verloren. Jetzt bin ich der Nutznießer der Situation, dann bin ich der Verlierer, denn ich sehe niemanden, der auf meine Liebe hofft und dem ich sie schenken würde.

Wir sprechen vom Oktober, als ich noch mit anderen Frauen neben dir zusammen war und wie du das empfunden hast. Du versuchst ganz sachlich zu betonen, dass das in Ordnung war.

„soll ich das wieder tun?"

„ja, es wird dir gefallen, du musst erleben, dass es geht"

Ich werde sehr traurig und sage nach kurzem Schweigen mit Tränen in den Augen

„ich kann nicht, ich will nicht….ich bin (noch) nicht so weit"

Wir haben uns heute eigentlich die ganze Zeit nebeneinander liegend nur unterhalten, das Streicheln kam kaum zu seinem Recht, du hast mich intensiver gestreichelt als ich dich. Einmal meinst du leise

„blöderweise habe ich gestern auch noch meine Tage bekommen"

Dann sprechen wir von deiner Tochter. Du beschreibst mir noch mal genau die schulische Situation und ich bitte dich, immer ganz ruhig zu bleiben, wie immer sie sich auch benimmt, auch wenn sie ausrastet.

Dann redest du von meiner Frau und unserem Zusammenleben. Ich erzähle, dass sie ein Sparflämmchen ist, es endlose Prozesse sind, bis mal etwas gekauft wird, ich entscheiden muss mit nachträglichen Vorwürfen. Deshalb habe ich Anschaffungen auf Dinge beschränkt, die ich notwendig brauche oder unbedingt will. Sie kauft sich trotz jahrelanger Aufforderung kein neues Ballkleid. Du meinst, ich soll ihr einfach eines kaufen und mitbringen. Das ist bei ihrer durch Alkoholleber ausufernden Figur schwierig, sie müsste es anpassen.

„dir könnte ich ohne Probleme Kleidung kaufen, bei ihr ist es schwierig"

Sie schimpft immer über Geldausgaben, selbst ich darf mir keine Jeans, Hemden oder Krawatten ohne weiteres kaufen. Dabei gebe ich leicht und gern Geld aus, wenn ich meine, ich könne mir das im Prinzip leisten.

„Wenn sie wüsste, wie viel Geld ich in Clubs dieses Jahr und insbesondere zu dir getragen habe…"

„kauf dir doch einfach Kleidung, wenn du möchtest"

„du sprichst genauso wie meine Freundin, die mich

auch immer darin bestärkt. Aber ich möchte die unguten Diskussionen vermeiden"

Du lächelst und nickst. Im gleichen Sinn, aber wohl nicht ganz uneigennützig meinst du plötzlich

„rasiere doch deinen Bart ab, ich wäre schon neugierig, wie du dann aussiehst"

„aber meine Frau mag doch den Bart gar nicht"

„was, die mag ihn gar nicht?"

„nein, das war vor fast 30 Jahren mein erstes Signal, dass ich meinen eigenen Willen habe, darum wäre das jetzt ein ganz falsches Signal"

Ich rede darüber, dass man immer sagt „hinter einem erfolgreichen Mann steht eine starke Frau". Ich musste allerdings erleben, dass ich eine sehr schwache Frau geheiratet habe, die nur nach dem Motto handelt, was die Leute denken, was die anderen tun. Sie hat mich immer öffentlich niedergemacht, alle beruflichen und privaten Aktivitäten kritisiert und schlecht gemacht, ich habe alles nicht durch meine Frau, sondern trotz meiner Frau erreicht. Ich habe mir immer eine Frau wie dich gewünscht. Meine Jugendbrieffreundin wäre eine solche Frau gewesen, da bin ich sicher. Und mit ihr hätte ich auch ein erfülltes Sexleben gehabt. Wir diskutieren darüber, warum meine Frau zur Alkoholikerin wurde, was ihr gefehlt hat bei mir. Einen Grund kann ich mir vorstellen, ich wollte Kinder, sie nicht. Du meinst, sie sei eifersüchtig auf die Kinder gewesen, weil sie mich ihr weggenommen haben. Ich meine, dafür ist man doch eine Familie, man gewinnt doch durch die Kinder und ich habe versucht, ihr alle Wünsche zu erfüllen. Nur diesem Sparflämmchen konnte man mit nichts wirklich eine Freude machen, selbst bei einem Blumenstrauß tut es ihr leid ums Geld. Es ist immer so schwer gewesen, ihr eine Freude zu machen. Wir haben mit und ohne Kinder wunderbare Urlaube erlebt, wir hatten ein aktives Sexleben, ich war so gut wie nie wegen irgendwelcher Hobbys außer Haus, ich habe mit dem Tanzen versucht, unsere Beziehung wieder zu intensivieren. Wir waren bis vor fünf Jahren zärtlich miteinander, bis ihr Alkoholkonsum mir das einfach unmöglich gemacht hat. Ihre Art mit mir umzugehen, mich auszunutzen und niederzumachen haben bei mir immer mehr Zorn und Hass entstehen lassen, meine Zuneigung ist völlig erkaltet, ich interessiere mich nicht mehr für sie. Ich stehe nur noch zu ihr, weil ich das mit der Ehe versprochen habe und es nach so langer Zeit unfair wäre, sie allein zu lassen.

Wir haben uns mal geliebt, sie ist die Mutter meiner Kinder, Großmutter meiner Enkel, sie versorgt mich und ist meine Tanzpartnerin. Bei allem Zorn wäre ich doch etwas traurig, wenn ich sie verlieren würde. Was mir allerdings immer sehr weh getan hat, war ihre immer mal wiederholte Feststellung „ohne Kinder hätten wir doch ein viel schöneres Leben führen können". Das tut mir wirklich weh, denn ich wollte die Kinder, ich liebe sie über alles, ich wollte niemals ohne sie sein.

Du meinst dann aber doch, ich sollte mich wieder um meine Frau bemühen. Ich soll nachher einen Spaziergang mit ihr machen und weitere gemeinsame Unternehmungen vorschlagen. Offenbar hoffst du, dass sich die eheliche Beziehung normalisieren sollte, ich weniger leiden würde und du weniger belastet wärst.

Dann stellst du die Frage

„Was löst Liebe aus, was läuft da ab?"

Du hast auch schon von der Rolle des Geruchs gehört. Ich erzähle dir, was ich noch darüber weiß, über Gehirnbilder und Hormone und verspreche, dir dazu Unterlagen mitzubringen.

„ebbt das auch mal wieder ab?"

Ich muss schweren Herzens zugeben, dass das wohl so ist, obwohl ich mir das bei mir dir gegenüber im Moment nicht vorstellen kann.

Unsere zwei Stunden sind leider rum. Ich frage, ob du auch die dritte Rosenstolz-CD möchtest, du nimmst sie gern.

Dann gebe ich dir mein Weihnachtsgeschenk. Du freust dich ganz offensichtlich.

„mitnehmen und erst Weihnachten öffnen, oder bist du sehr neugierig?"

„wenn du es so willst, lasse ich es bis Weihnachten liegen. Warum schon heute, wir sehen uns doch noch im Club?"

„ja, aber drüben finde ich Sachenübergabe am Spind so doof, darum hier und heute"

„du bekommst deins erst nächstes Mal im Club"

„du musst mir nichts schenken"

„doch, möchte ich aber"

Dir fällt der Abschied heute offensichtlich sehr schwer, wir umarmen uns lange, du versprichst mit „eye, eye Sir"-Geste, deine gute Heimkehr zu melden und wir freuen uns beide auf nächste Woche, du zitierst mich

„zur gleichen Zeit am gleichen Ort"

Ich bin bei der Heimfahrt sehr ruhig, aber auch traurig, weil jetzt klar ist, dass es von deiner Seite keine Liebe ist und wohl auch nie sein wird. Ich bin aber trotzdem glücklich, dass nichts zerstört wurde durch die Offenlegung meiner Gedanken und Gefühle.

Ich mache mit meiner Frau einen Spaziergang durch das Wohngebiet und verabrede mir ihr, dass ich am Donnerstag Nachmittag mit ihr auf den Weihnachtsmarkt gehe. Natürlich möchte ich meiner Frau schon hin und wieder etwas Gutes tun, aber vorrangig tue ich es dir zuliebe, weil du mich darum gebeten hast. Ich spüre aber sofort, dass ich unter diesem Zusammensein mit meiner Frau leiden werde, ich kann es nicht einfach locker tun. Darum habe ich es auch immer mehr eingeschränkt, das fällt mir jetzt wieder ein. Aber natürlich hast du Recht, meine Frau hat schon auch Anspruch auf meine Nähe.

Sie beklagt sich kurz, dass ich jetzt nicht mal mehr am Wochenende für sie da bin. Ich erwidere, dass ich im Vergleich zu anderen, die regelmäßig zum Sport gehen, eigentlich jeden Abend und jedes Wochenende bis auf wenige Ausnahmen da bin, und dass wir an drei bis vier Tagen zusammen zum Tanzen gehen. Ich bin dann froh, dass sie beim Fernsehen bald einschläft, so dass ich ins Arbeitszimmer kann, ohne sie traurig zu machen.

Ich führe ein langes Telefonat mit meiner Freundin, trotz allen Bemühens bin ich aber voller Unruhe, weil ich mich in Gedanken lieber mit dir beschäftigen möchte.

Ich wache nach kurzem Schlaf bereits kurz vor Mitternacht auf und bin sofort hellwach. Ich zögere kurz, ob ich zum Handy schauen soll. Dann bin ich sicher, dass es viel zu früh ist und schlafe wieder ein. Als ich das nächste Mal um 1:15 aufwache, gehe ich sofort zum Schreibtisch, obwohl es auch noch zu früh sein könnte. Aber es ist tatsächlich eine SMS von dir, von 23:45!! Wenn das keine Gedankenübertragung war: „Hallo Fred bin heute früher los. Ich hoffe du hattest noch einen schönen Abend. Du bist ein ganz toller Mensch. Schlafe schön. Lg Pat".

Ich bin unendlich glücklich und schlafe schnell und ruhig wieder ein.

Am nächsten Morgen bin ich zunächst sehr ausgeglichen, umarme meine Frau mit leichtem Streicheln, kann aber trotzdem nur an dich denken.

Das Schwierige und gleichzeitig das Schöne an Freundschaft, Zuneigung und Liebe ist, dass man sie zulassen muss. Vereinbaren kann man sie nicht. Und wenn der eine sie nicht zulässt, dann ist das für den anderen sehr schmerzlich. Aber er kann es nicht ändern, kann oder soll aber trotzdem Glück empfinden allein durch die Gefühlslage, die Empfindungen für den anderen.

Aber Freundschaft, Zuneigung und Liebe bedeuten „geben, nicht nehmen". Darum darf der Unglückliche den anderen niemals bedrängen und der Liebende wird das auch niemals tun. Er wird den Zustand genießen, den der andere zulässt.

Auf der Fahrt zur Arbeit muss ich ganz plötzlich ohne konkreten Gedanken heftig weinen, die Tränen laufen mir über das Gesicht. In diesen Gefühlswallungen bin ich in der Schwebe zwischen Einsicht und Hoffnung. Hast du nicht auch mal gesagt, dass man niemals nie sagen soll oder kann?

Ich schreibe den ganzen Vormittag an meinen Notizen über uns, in der Hoffnung, nichts Wichtiges zu vergessen. Ich bin dir dabei so nah, voller Glück und Ruhe, aber auch freudiger Aufregung, dass wir uns morgen schon wieder sehen. Zum ersten Mal seit drei Monaten muss ich dann mindestens neun

Tage auf dich warten, wenn es denn überhaupt zwischen den Jahren klappt.

Abends bei der Tanz-Club-Weihnachtsfeier denke ich plötzlich an die restlichen Stunden bis morgen Nachmittag und stelle dabei fest, dass ich den ganzen Tag nicht die Stunden gezählt habe. Aber ich war den ganzen Tag in Gedanken so intensiv mit dir beschäftigt, du warst da, ich war bei dir, da gab es keinen Anlass, Stunden zu zählen. Erst als die vielen Bekannten und Freunde mich in die Wirklichkeit ziehen, da hatte ich wieder Bedarf zu zählen.

Endlich wieder der Tag der Tage. So lange im Voraus habe ich immer wieder an dieses heutige Datum gedacht, das letzte Treffen vor der Jahreswechselpause. Nun ist der Tag da.

Ich freue mich riesig auf dich. Morgens liege ich fast eine Stunde wach, ich will von dir träumen, ich will nicht mehr schlafen. Auf der Fahrt ins Büro laufen mir wieder dicke Tränen übers Gesicht. Nach einem langen Telefonat mit meiner Freundin schicke ich dir voller Ungeduld eine SMS: „Guten Morgen Pat, ich wünsche dir wie immer eine gute unbehinderte Fahrt. Bis später, ich freue mich. Ganz lg Fred".

Dann fällt mir ein, dass ich dem Geschenk gar keinen persönlichen Gruß beigelegt habe. Ich entwerfe eine Weihnachtskarte und schreibe hinein „Liebe Pat, ich wünsche dir von Herzen, dass nicht nur Weihnachten, sondern in alle

Zukunft alle dir wichtigen Wünsche für dich in Erfüllung gehen und sich alle Probleme lösen lassen. Fred".

Ich starte nachmittags fünf Minuten zu spät und dann ist auch noch leichter Stau. Ich bin gehemmt, dich anzurufen, du könntest ja einen Gast haben. So bin ich dann erst 15 Uhr am Empfang und komme acht Minuten später an die Theke. Du sitzt auf den Polstern und greifst gerade zum Handy, wir schauen uns an und begrüßen uns ganz herzlich. Du holst mir einen Kaffee. Du machst dir immer noch große Sorgen um deine Tochter, aber gestern Abend habt ihr noch mal lange miteinander geredet und du hast ihr vorgeschlagen, mit Spielvorschlägen auf die neuen Klassenkameradinnen zuzugehen. Sie scheint es umzusetzen und war heute auch recht normal. Ihre Beschimpfungen der Vortage haben dich aber sehr verletzt, das hast du ihr auch gesagt.

Auf der Herfahrt bist du schon wieder geblitzt worden, du spielst wirklich mit deinem Führerschein. Wir hoffen natürlich beide, dass es wieder höchstens 20 km/h waren.

Dann gehen wir mit unseren Sektgläsern aufs Zimmer, ich hole vorher noch die Süßigkeiten, die Weihnachtskarte und die Texte zum Thema Liebe aus dem Spind. Oben gibst du mir dein Weihnachtsgeschenk und machst den Vorschlag, dass ich es doch gleich aufmachen soll. Es ist ein Parker-Füller, ich freue mich sehr, denn ich hatte schon lange vor, statt mit Kuli wieder mehr mit Füller zu schreiben. Auch das ist wieder anscheinend ein Gedankengleichklang. Ich muss mich allerdings nun geduldeten, bis ich weiß, ob dir mein Geschenk gefällt. Aber ich wollte es ja so, wie du richtig feststellst.

Ich gebe dir die Kopien zu den wissenschaftlichen Untersuchungen zur Liebe. Du freust dich, dass ich daran gedacht habe. Dann stoßen wir mit Sekt an und du sagst ganz spontan

„auf uns …"

Das geht mir durch und durch. Als ich gerade überlege, ob das ein Hinweis von dir ist, dass du unsere gemeinsame Zukunft meinst, korrigierst du dich leider bereits mit

„auf dich und auf mich"

Du erzählst, dass du auf der Treppe ausgerutscht und auf dem Hintern runter gerutscht bist, allerdings nur ein paar Stufen. Du sprichst wieder davon, dass ein Beinbruch furchtbar für dich wäre, weil der Job dann nicht mehr möglich wäre. Als ich darauf sage, dass ich dich dann unterstützen würde, bist du ganz still.

Wir geben uns dem Streicheln hin. Zärtlichkeiten, Gespräche, das ganze Verhalten zwischen uns sind so voller Ruhe, Vertrauen und Nähe, als wäre es schon immer so und könnte niemals anders sein.

Ich verwöhne dich wieder mit der Zunge, du bist aber etwas gehemmt wegen deiner Regeltage. Heute habe ich das Schwämmchen mit den Fingern gespürt. Du hast Bedenken, dass es mich erschrecken könnte, wenn etwas an meinen Fingern zu sehen wäre. Aber es ist nichts und ich beruhige dich wieder, dass mir das bei dir auch nichts ausmachen würde.

Dann verwöhnst du mich, zum Schluss muss ich aber doch wieder nachhelfen. Du versicherst mir auf meine Frage, dass dir das nichts ausmacht.

Ich erzähle dir von der letzten Gedankenübertragung, dass ich 23:47 hellwach war und dann 1:15 entdeckt habe, dass um 23:45 deine SMS gekommen ist. Wir reden darüber, dass ich eigentlich nicht an Übersinnliches glaube, aber schon ähnliches mit meiner Freundin erlebt habe. Du meinst sehr nachdenklich, dass das wohl schon sein könnte. Ich spüre, der Gedanke scheint dir nicht unangenehm, dass es zwischen uns Gedankenübertragung geben könnte.

Du bist so früh heimgefahren, weil du außer mir keinen Kunden mehr hattest und du Regelschmerzen bekommen hast. Ich sage, dass mir das mit den fehlenden Kunden irgendwie schon gefällt. Du lächelst verstehend.

Dann gebe ich dir ein Versprechen: Sollte ich nicht bereits wie geplant spätestens mit dem Ruhestand die Haare und vielleicht auch den Bart abrasiert haben, dann würde ich das unmittelbar für dich tun, falls du doch eines Tages zu mir sagst „ich liebe dich". Du schaust mich gar nicht völlig ablehnend, sondern nachdenklich an mit der Frage „ohne Rücksicht auf Verluste?".

Ich bestätige das und bin glücklich darüber, dass du ganz still darüber nachdenkst.

Dann   spreche ich noch mal darauf an, dass ich beim Nachdenken darüber, ob es einen dritten Weg für unsere Beziehung gibt, darauf gekommen bin, dass es ein vierter Weg wäre.

Es gibt die Freundschaft, die beruht auf Zuneigung. Es gibt wie in diesen Clubs Sex ohne Zuneigung oder Liebe. Es gibt die Partnerschaft aus Liebe mit Sex. Der vierte Weg, den wir gerade beschreiten ist Sex mit tiefer Zuneigung. Und die vertrauensvollen und interessanten Gespräche machen dich im besten Sinne zu einer Kurtisane und zusätzlich bezüglich meiner Geschäftsideen   zu meiner Muse. So wie es Frau von Stein für Goethe war. Haben nicht viele berühmte Männer eine solche Beziehung?

Vielleicht sind es genau die, die keine Lebenspartnerin oder keine starke Lebenspartnerin an ihrer Seite haben.

Du hörst interessiert und nachdenklich zu, sagst aber nichts dazu. Ich gebe dir ein zärtlich erwidertes Küsschen und umarme dich.

Dann reden wir über deine Freundin, meine Frau und meine Freundin. Du bist sehr eifersüchtig auf den Freund deiner Freundin und es hat dir sehr weh getan, als du das erste Mal gehört hast wie sie am Telefon „ich liebe dich" zu ihm gesagt hat. Du versuchst dich demonstrativ zurückzunehmen, nicht alles für sie zu erledigen, sondern forderst sie immer wieder auf, das von ihrem Freund machen zu lassen. Ich spüre, du bist hin und her gerissen. Du möchtest sie zurück, würdest alles für sie tun, möchtest dich aber auch nicht ausnutzen lassen. Du erzählst, dass er sie auf Händen trägt. Es wurmt dich, wenn sie dir freudestrahlend mitteilt, dass sie ihr neues Auto von ihm bekommt. Du sehnst dich nach ihrer Nähe und Euren Gemeinsamkeiten, das ist ganz offensichtlich. Ich bin natürlich sehr eifersüchtig auf sie. Gleichzeitig habe ich den Eindruck, dass die Geschichte mit ihrem Freund nicht stimmig ist. Er ist Cheffahrer, verdient also bestenfalls ein Drittel meines Entgelts. Angeblich hat er von seiner Mutter viel geerbt. Wenn er aber davon nicht leben kann, sondern weiter in diesem Beruf arbeitet, dann kann es kein Vermögen sein, spätestens in ein paar Jahren ist es verbraucht. Bei dem Einkommen wird er eine kleine Rente haben, wird deiner Freundin das dann noch genügen? Angeblich wollen sie nächstes Jahr heiraten.

Deine Erzählung von ihrem Kennenlernen hier im Club klingt nicht nach wirklichem Zufall. Ich vermute fast, sie kannten sich schon. Wieder ist der Gedanke da, dass die beiden gemeinsam in das Rotlichtmilieu einsteigen wollen mit seinem Vermögen als Starthilfe. Wenn dem so wäre, würdest du dann deine Beziehung zu ihr noch so rosarot sehen?

Aber ich kann darüber nicht reden, du wirst voll zu ihr stehen und mir diese Gedanken übel nehmen. Ich kann nur hoffen, dass du frühzeitig selbst darauf kommst, wenn es denn so wäre.

Kommen mir solche Gedanken nur aus Eifersucht auf deine Freundin, sind sie unbegründet und du würdest sie mir mit Recht übel nehmen? Wenn diese Gedanken aber begründet sind, dann müsste ich dich doch warnen. Was soll ich nur tun?

Zu meiner Frau meinst du, ich solle einfach mal einen Spaziergang mit ihr machen, mir Zeit für sie nehmen, sie spüren lassen, dass wir noch zusammengehören. Du möchtest es, also werde ich mich bemühen, aber ich fühle mich dabei nicht gut.

„letztes Mal habe ich gesagt, dass ich meine Frau hasse. Das stimmt so natürlich nicht, ich habe hin und wieder einen Zorn auf sie, aber das ist natürlich kein Hass"

„Bemühe dich um sie"

Mir geht dabei so viel durch den Kopf. Willst du mein Leben wieder in ruhigere Bahnen bringen, möchtest du sicher gehen, dass ich mir meiner Gefühle für dich wirklich sicher bin, oder willst du nur zur rein geschäftlichen Beziehung zurück, weil du aus deiner Sicht keine gemeinsame Lösung für uns erkennst? Übst du Verzicht zugunsten meiner Frau oder willst du in Wahrheit testen, wie nahe ich dir wirklich stehe?

Du fragst nach Beschenk-Gewohnheiten zu Weihnachten mit Frau, Kindern und Freundin. Wir sprechen über Geldgeschenke und dass ich das nur für sinnvoll halte von Eltern zu Kindern.

Du schlägst mir dann vor, dass ich den Dämpfer in der Freundschaft mit meiner Freundin, den ich bei ihr herausgehört habe, bereinigen soll mit einer Weihnachtskarte, in der ich ihr versichere, wie wichtig mir unsere Freundschaft ist. Ich verspreche dir, darüber nachzudenken.

Dann wünscht du dir noch mal ausdrücklich, dass ich dich streichle, was ich gern tue. Danach lege ich mich neben dich und schaue dir in dein friedliches, zufriedenes Gesicht. Die Augen sind geschlossen, du atmest ganz ruhig und ich schaue dich verliebt an.

„nicht einschlafen, das machen wir mal wieder woanders"

Du öffnest schwerfällig deine entspannt müden Augen.

„nein"

Ich mache den Vorschlag, noch ein paar Tanzschritte zu üben. Sofort bist du hellwach und ich zeige dir die Grundschritte Cha-Cha und Salsa. Du machst das auf Anhieb gut und sicher, das wird was, da werden wir dran bleiben. Wie gern würde ich dann mal richtig mit dir tanzen gehen.

Unsere wunderbaren Stunden sind rum.

Wir gehen zusammen zu den Umkleide-Spinden, die ausgetauschten Geschenke und Mitbringsel zu verstauen. Dann gehen wir zusammen zum Essen, du immer eingehakt. Einige Frauen strahlen uns an, ich weise dich darauf hin, wir lachen beide und finden es wunderbar.

Beim Essen reden wir über die vielen anwesenden Mädchen. Du meinst, die meisten seien recht hübsch. Ich finde das nicht. Dann zählst du ein paar ganz niedliche auf. Ja, du hast recht, einige sind hübsch, aber für mich derzeit nicht wirklich reizvoll.

„ich gönne es dir, wenn du mal mit einer anderen gehst"

„bist du ganz sicher, dass es dir nichts ausmachen würde?"

„na ja…"

Es kommt so spontan als hättest du gerade darüber nachgedacht. Wir lachen beide und ich spüre, dass du dich doch freust, dass ich gar kein Verlangen nach anderen habe.

Ob du zwischen den Jahren kommst, weißt du noch nicht. Wohl eher nicht, weil es sich nicht lohnt.

Ich kündige an, dass ich dir noch die Handy-Nummer meiner Freundin schicken werde. Du meinst, die könne man direkt weiterleiten, dann müsstest du sie nicht eintippen. Dann begleitest du mich zur Treppe und sagst zum Abschied „sei lieb daheim".

Als ich daheim ankomme, fällt mir ein, dass ich den Sekt nicht bezahlt habe.

Meine Frau redet in Andeutungen, ob ich beschäftigt bin oder ob wir noch bis 22 Uhr einkaufen gehen können.

Bisher habe ich so etwas rücksichtslos abgelehnt und mich mit meinen Dingen beschäftigt. Heute bist du mit deinen Wünschen in meinem Kopf und ich bin bereit mit meiner Frau noch einkaufen zu gehen. Sie freut sich sehr und es stellt sich dann heraus, dass sie etwas zum Anziehen für Silvester kaufen möchte, was uns dann auch gelingt.

Danke Pat, du hat die Verkrampfung zwischen meiner Frau und mir etwas gelöst und meiner Frau eine große Freude gemacht. Das Problem wird nicht gelöst, auch du kannst es nicht reparieren, aber du machst es für meine Frau erträglicher. Ich schicke dir noch eine SMS: „Liebe Pat, ich danke dir für diesen schönen Nachmittag voll Ruhe, Frieden, Vertrauen und Entspannung. Es ist wundervoll mit dir. Danke. Ganz liebe Grüße, Fred".

Ich möchte mein Glück raus schreien „ich liebe dich, ich liebe dich, ich liebe dich". Aber niemandem würde es gefallen, nicht einmal dir, oder?

Ich verschlafe deine Nacht-SMS, als ich um 3:10 endlich nachschaue, finde ich deine Nachricht von 2:02. Aber du hast offenbar gespürt, dass ich tief schlafe: „Hallo Schlafender bin zuhause. Es gibt nichts wofür du Danke sagen musst. Schlafe jetzt schön weiter. Drücke dich. lg Pat". Also war doch ein bisschen Gedankenübertragung in deine Richtung da.

Am nächsten Morgen reiße ich mit meinem Anruf meine Freundin aus dem Schlaf. Aber dann freut sie sich offensichtlich doch. Wir treffen uns in der Metro. Es ist eine wunderbare Gesprächsatmosphäre, von Seiten meiner Freundin wie immer sachlich und technisch, es gibt keinen Ansatzpunkt anzusprechen, wie wichtig mir unsere Freundschaft ist. Ich hoffe einfach, dass sie es spürt.

Später schicke ich dir eine SMS mit der Mobile-Nummer meiner Freundin. Nun kannst du jederzeit in Erfahrung bringen, was los ist, wenn du mich nicht mehr erreichen kannst.

Ich muss immer wieder schwer atmen, tief seufzen, es ist eine Schwebe zwischen Glück und unerfüllter Sehnsucht. Dieses letzte Treffen in diesem Jahr war so wundervoll, andererseits bleibt zunächst offen, wann wir uns wiedersehen, vielleicht erst in drei Wochen?

Mein ganzes Denken und Fühlen ist nur darauf ausgerichtet, wann ich dich wieder treffe.

Abends weine ich mich in den Schlaf.

Am nächsten Morgen, in Gedanken an dich, fühle ich plötzlich ganz klar deine Sorgen, das ich unglücklich bin, sein muss.

Aber ich bin glücklich. Ich bin so glücklich wie noch nie in meinem Leben, ich freue mich voller Ungeduld auf unser nächstes Treffen. Ich brauche deine Nähe, deine Zärtlichkeit, dein Vertrauen, die Gespräche mit dir und ich habe den unbändigen Wunsch, dir bei allen Problemen helfen zu können und zu dürfen.

Ich bin glücklich, aber nur dann vollkommen glücklich, wenn es dir durch mich besser geht, wenn du dich in meiner Nähe wohl fühlst, dich wenigstens auch ein kleiner Zipfel Glück erreicht.

Mein ganzes Streben und Trachten ist nur noch auf dich ausgerichtet. Ich setze die Geschäftsidee mit meiner Freundin um in erster Linie, um für dich Geld zu verdienen. Ich verstärke die politische Arbeit mit meinem Sohn, um Freiraum für dich zu bekommen.

Ich bin lieb daheim, weil du es so möchtest und um meine Zeit mit dir unverdächtig zu machen. Ich verschiebe meinen Ruhestand, weil auch du wie meine Freundin, Kollegin und mein Sohn das befürworten. Die anderen sind mir ziemlich egal, aber erstaunlicherweise wirkt es sich für alle positiv aus. Alle haben Vorteile von meinem seelischen Hoch deinetwegen, da kann ich doch zusätzlich noch glücklicher sein als ich es deinetwegen sowieso schon bin.

Heute sind erst zwei von unbekannt vielen Wartetagen um. Immer wieder habe ich gestern und heute auf dein Handy gesehen, ob nicht eine SMS von dir da ist. Aber warum sollte es sein, es gibt keinen Grund, jedenfalls wohl nicht aus deiner Sicht. Vielleicht denkst du doch ein wenig an mich und freust dich, wenn ich dich morgen anrufe. Ich hoffe, ich erreiche dich.

Am nächsten Morgen gehe ich mit meiner Freundin schwimmen, wieder von ihrer Seite sehr sachliche Gespräche. Wir machen einen zweiten Versuch ein gemeinsames Konto einzurichten. Ich bin spät im Büro und heute allein. Dann fasse ich mir ein Herz und rufe dich an. Du begrüßt mich fröhlich, deine Tochter ist schon daheim. Wir führen ein fröhliches Gespräch. Auf meine Frage sagst du „eigentlich geht es mir gut". Dann fragst du, ob ich gestern mit meiner Frau auf dem Weihnachtsmarkt war, du hast also daran gedacht und freust dich darüber. Dann erzähle ich noch vom Abendeinkauf mit meiner Frau. Du meinst lachend „Schön, dass du auf mich hörst".

Du hast den Sekt bezahlt, ich bedanke mich. Dann erzähle ich, dass ich den Füller in Betrieb genommen habe und noch übe. Du meinst dann „die Schrift ist damit nicht unbedingt besser" und lachst.

Die Mobile-Nummer meiner Freundin ist angekommen. Wir wünschen uns einen schönen Tag und ein schönes Wochenende, und sagen beide „wir hören voneinander". Du wirst allerdings in der Weihnachtswoche nicht herkommen.

Ich bin nach dem Gespräch so glücklich. Es ist offenbar auch für dich selbstverständlich, dass wir Kontakt miteinander haben. Ich glaube zu spüren, dass du dich über meinen Anruf gefreut hast.

Für mittags habe ich einen Tantra-Termin vereinbart. Ich habe bisher immer gedacht, darauf würde ich nie verzichten. Aber jetzt mache ich es nur, weil wir uns vielleicht so lange nicht treffen können. Eigentlich habe ich heute nicht wirklich Lust und ich habe gegenüber dir ein sehr schlechtes Gewissen. Werde ich es erzählen? Was wirst du daraus schließen?

Dann fahre ich los und beschließe, es einfach zu genießen, auch wenn ich mich überhaupt nicht danach sehne. Und das Erlebnis ist dann auch wie immer umwerfend. Zunächst überblenden die Gedanken an dich alles, mir stehen Tränen in den Augenwinkeln, dann kommt die reine unendlich ausgedehnte Lust und ich genieße es einfach. Trotzdem wäre ich viel lieber mit dir zusammen, es ist nur ein schwacher Ersatz, denn es fehlen die innerliche Nähe, die Vertrautheit und die Gespräche.

Würdest du mich auch lieben wie ich dich und wir würden uns mindestens ein- bis zweimal in der Woche treffen, mir würde daneben nichts fehlen.

Abends fahre ich meine Enkelin heim, auf der Rückfahrt höre ich Katie Melua und wieder einmal fließen die Tränen.

Als ich am nächsten Morgen früh aufwache ist mein erster Gedanke „jetzt wäre gerade Halbzeit von Trefftag zu Trefftag". Wie habe ich mich da jede Woche gefreut. Heute ist möglicherweise erst ein Sechstel der Wartezeit von drei Wochen um.

Kopf und Herz sind schwer, alle Gedanken im Alltag sind dumpf, die Sehnsucht nach dir ist unbändig und wird nur ein wenig gedämpft von der Vorfreude, dass wir über Weihnachten mindestens per SMS in Kontakt sein werden. Vielleicht können wir ja auch mal telefonieren.

Ich lese eine Anzeige über eine Katie-Melua-Tour im April. Soll ich dich fragen, würdest du dort mit mir hingehen? Wäre es nicht wunderschön verbunden mit einer Übernachtung? Bei einer Veranstaltung hier vor Ort ist die Gefahr groß, dass uns die falschen Leute zusammen sehen. Wenn es für dich kein Problem wäre, erkannt zu werden, dann würde ich es auf mich nehmen. Und wenn mein Sohn dort ist und uns sieht? Will ich es nicht eigentlich darauf ankommen lassen? Ich will dich doch nicht wirklich verleugnen, aber ich muss es irgendwie erklären können, solange ich die Fassade wahren will. Wahrscheinlich wirst du es genauso beurteilen, also vielleicht gern mit mir auf ein Konzert gehen, aber nicht gerade hier. Dann surfe ich im Internet nach den Konzertterminen, ideal wäre der Tag in Hannover. Ich werde dich fragen! Weiter surfe ich erfolgreich nach Melua-Lyrix.

Heute muss ich immer sehr schwer atmen, viele Atemzüge sind mehr tiefe Seufzer. Ich bin innerlich sehr traurig und glaube zu spüren, dass man mir das ansehen kann. Aber ich will es gar nicht unterdrücken. Seit Jahrzehnten habe ich zum ersten mal wieder den Anflug von Magenschmerzen, ich habe keinen Appetit, esse nur das Notwendigste und ich verliere offenbar seit 14 Tagen auch Gewicht. Natürlich mache ich mir sofort Sorgen, vielleicht doch Krebs zu bekommen und für dich ein zweiter Fall eines sterbenden Bekannten zu werden. Nein, es ist sicher nur der ständige seelische Druck, der unlösbare Konflikt zwischen unendlichem Glücklichsein und der Traurigkeit, dass die Erfüllung nicht möglich ist. Dabei spielt es überhaupt keine Rolle, ob du nicht willst oder nicht kannst oder ich nicht kann oder nicht will.

So ist es eben, ich bin traurig in meinem gleichzeitig unfassbaren großen Glück. Es ist passiert und ich kann und will es nicht ändern, denn auf diese einmaligen Gefühle des Glücks kann und will ich auf keinen Fall verzichten. Ich habe mich selbst in der Liebe gefangen, es darf und muss dich nicht belasten. Denn im Moment ist es ja wohl allein meine Entscheidung, alles abzubrechen und dich nicht wieder zu treffen. Allein der Gedanke an diese Möglichkeit treibt mir die Tränen in die Augen.

Durch die jetzige Unabsehbarkeit unseres Wiedersehens und damit die Unmöglichkeit, die Tage und Stunde zu zählen bin ich offenbar besonders niedergedrückt. Es ist offensichtlich, dass mir die seelischen Schmerzen körperlich zusetzen, mein Wohlbefinden beeinflussen. Ist es der ständig hohe Adrenalin-Spiegel oder sind es die Hormone? Machen es mir die Glücksbotenstoffe gerade noch erträglich? Wie lange kann ich dieses Dauerhoch aushalten, ohne in irgendeiner Weise seelisch oder körperlich abzustürzen?

Aber ich will mir keine Sorgen machen, im Mittelpunkt und alles überstrahlend steht ein mächtiges Glücksgefühl und die Gewissheit, dass auch drei Wochen rum gehen und dass wir zwischendurch voneinander hören. Mit meiner Frau waren es damals nach unserem Kennenlernen jeweils Monate und ich habe es ertragen. Ist das der späte Beweis, dass ich noch nie so verliebt war wie jetzt?

Vor vier Tagen um diese Zeit waren wir zusammen. Ich sehne die Nächte herbei, damit die Zeit schneller läuft.

Ich räume im Arbeitszimmer und Arbeitskeller auf, ich gehe nach langer Zeit mal wieder an die Modellbahn. Ich lese Zeitschriften, besser ich blättere sie durch, ich sehe abends fern. Aber nichts kann mich von der allgegenwärtigen Sehnsucht nach dir ablenken. Während mich dabei ein Glücksgefühl beherrscht bin ich doch in einem eigentlich traurigen Grundzustand. Immer wieder schaue ich nach, ob nicht eine SMS gekommen ist, zögere aber, selbst zu oft zu schreiben.

Als ich endlich schlafen gehe, übermannt es mich, mich mit Tantra ähnlichen Liebkosungen zu einem heftigen Höhepunkt zu bringen. Es gefällt mir und ich bin auch ganz ungehemmt, da ich mich nicht für dich aufsparen muss. Aber ein bisschen habe ich trotzdem ein schlechtes Gewissen. Allerdings sind wir doch übereinstimmend der Meinung, dass Selbstbefriedigung völlig in Ordnung ist.

Am nächsten Morgen träume ich von einer schnellen und heftigen Selbstbefriedigung und höre mich im Traum laut stöhnen. In dem Moment wache ich auf. Hat meine Frau etwas bemerkt, habe ich wirklich gestöhnt?

Jedenfalls habe ich eine schon lange nicht mehr erlebte harte Erektion, die nur langsam abklingt.

Dann wälze ich mich mit unruhigen Gedanken, ob mich der reine Trieb wieder erfasst, ich doch wieder mit anderen Frauen Sex haben möchte oder es sich beruhigt, wenn erst einmal ein Termin mit dir wieder konkret bevorsteht. Die Sehnsucht nach dir ist keineswegs abgeklungen, ich bin auch heute ständig traurig und glücklich. Dann keimt die Hoffnung, du könntest mich in der langen Pause doch echt vermissen und dir deiner Zuneigung zu mir sicherer werden.

Heute Abend sind fünf Tage rum, das ist schon mal ein Viertel von drei Wochen.

Während ich in Gedanken an dich versunken bin signalisiert dein Handy eine SMS: „Hallo Fred schicke dir einfach mal einen netten Gruß und wünsche dir einen schönen Tag. Fühle dich umarmt. Lg Pat".

Mein Herz möchte vor Freude und Glück zerspringen, du denkst an mich! Natürlich antworte ich sofort mit Glückstränen in den Augen: „Hallo Pat. dein Gruß macht mich sehr glücklich. Ich arbeite gerade an meinen Notizen. Ich umarme dich und wünsche dir auch einen schönen Tag. Lg Fred".

Mit diesem wunderbaren Ereignis und den damit verbundenen Gefühlen bin ich jetzt bereit, mich wieder ein bisschen dem Alltag zu widmen und stelle den Weihnachtsbaum auf.

Gestern war ich ständig traurig, aber glücklich. Es trieb mich auch der Wunsch um, mich bei dir zu melden, aber der Zweifel war zu groß, ob ich dich damit bedränge, belästige. Heute hast du mit deinem Gruß die Zweifel vertrieben, ich bin fröhlich und glücklich, aber mindestens genauso ungeduldig, dich wiederzusehen.

Und plötzlich wird mir auch klar, dass der gestern wieder erwachte Trieb gar keine Abwendung von dir ist, sondern meine Sehnsucht nur begleitet. Denn ich habe nicht an andere Frauen gedacht, sondern du warst bei mir, unser geträumtes Zusammensein hat meine Fantasie beflügelt. Es gibt also keinen Grund für ein schlechtes Gewissen.

Im Tagtraum mache ich dir wieder Mut, dir nicht so viele Gedanken zu machen. Wenn mich vieles bedrückt oder belastet, auch wegen uns, dann ist das völlig in Ordnung. Denn ich bekomme auch unbeschreiblich viel Glück dafür zurück. Das Leben ist eben nicht einfach und geradlinig. Aber es wäre doch schrecklich, wenn man einfachen Lösungen zuliebe das Glück verdammt.

Du darfst und musst nicht belastet sein durch unsere Beziehung. Du sollst es einfach genießen und dir keine Sorgen machen, denn du hast sowieso schon sehr viel mehr Sorgen als ich. Ich möchte helfen, deine Sorgen zu verkleinern, nicht zu vergrößern. Wir werden gemeinsam einen Weg finden, der für uns beide die Sorgen verkleinert und das Glück vergrößert. Ich bin ganz sicher, dass uns das gelingen wird, wenn wir nur wollen.

deine SMS heute war eine so sehr erhoffte und dann doch unverhoffte Überraschung. Ich bin wirklich glücklich, dass du an mich denkst, es trägt mich über alle Zweifel und dunklen Gedanken hinweg.

Abends gehe ich mit meiner Frau spazieren, es ist Vollmond. Ich habe die Mondsichel von unserer ersten gemeinsamen Nacht vor Augen. Diesen Moment gemeinsam mit dir werde ich niemals vergessen.

Zum zweiten Mal habe ich seit langer Zeit wieder sechs Stunden durchgeschlafen. Morgens spiele ich wieder an mir, aber genieße nur den Zustand ohne Abschluss. In dem Moment wird mir klar, warum ich kein schlechtes Gewissen haben muss. Ich träume dabei ständig davon, dass ich dir die Tantra-Berührungen zeige, du bist bildlich neben mir. Du und nur du, nur die Gedanken an dich begleiten meinen Trieb. Und das fühlt sich so wunderbar an.

Ich schlafe noch mal zwei Stunden. Dann endlich schicke ich dir nach dem Aufstehen eine SMS: „Liebe Pat, ich wünsche dir ein ruhiges und angenehmes Weihnachten mit deinen Kindern.

Ich werde in Gedanken bei dir sein. Viel Freude an den Geschenken. Danke für die Idee mit dem Füller. Ganz ganz liebe Grüße, Fred".

Nach einer knappen Stunde kommt deine Antwort: „Hallo lieber Fred auch ich werde an dich denken und wünsche dir ein frohes Fest. Ich drücke dich ganz doll. Bis bald Pat".

Das ist wieder so liebevoll formuliert, ich glaube zu spüren, dass du mehr für mich empfindest als du zugibst. Bedeutet „bis bald", dass du doch vor Januar ein Kommen planst?

Schon bin ich wieder in Tagträumen über eine gemeinsame Zukunft. Würden mich deine Kinder überhaupt akzeptieren?

Dann spüre ich plötzlich, wie deine oder meine Kinder fragen würden, wie wir uns kennengelernt haben und höre mich antworten „wir hatten beruflich miteinander zu tun, aus der Dienstleisterin wurde eine vertrauensvolle und vertraute Beraterin, dann eine Muse für meine Ideen, dann eine liebevolle Partnerin". Und damit hätte ich gar nicht gelogen!

Heute habe ich dein Handy seit acht Wochen, niemand außer uns weiß davon. So viele liebe Nachrichten haben wir damit schon getauscht.

Tage wie heute, an denen wir Kontakt haben, und sei es nur per SMS, sind einfach wunderbare Tage. Dann bist du mir so nah, dann weiß ich, dass es weiter geht.

Heute muss ich immer daran denken, ob dir die Dessous gefallen und sie auch passen. Habe ich das richtige Geschenk für dich gewählt?

Abends kommt die lang ersehnte SMS von dir: „Vielen Dank für das Geschenk. Ist meine Lieblingsfarbe. Hoffe du hast einen schönen Abend. Wünsche noch schöne Feiertage. GlG. Pat".

Ich antworte sofort: „Hoffentlich passt es. Ich bin gespannt es an dir zu sehen. Mein Sohn ist hier, das ist schön. Auch schöne Feiertage. Schlafe gut, ich melde mich die Tage mal. Ganz lg Fred". Am liebsten würde ich dich jeden Tag anrufen, habe aber Bedenken, ob es dir recht wäre. Dabei fällt mir ein, dass ich auf jeden Fall mal meine Freundin anrufen muss.

Am nächsten Morgen gelten meine ersten Gedanken sofort wieder dir. Im Wachen wie im Halbschlaf bist du mir bildlich gegenwärtig, ich träume nur von uns und unserem Zusammensein. Mehrmals spiele ich an mir, es ist wunderschön, auch ohne abschließenden Höhepunkt erlebe ich es als sehr angenehm.

Dann denke ich plötzlich daran, dass heute dein Wochentag ist und wir uns nicht treffen können. Traurigkeit ist verbunden mit der Freude, dass nun mindestens ein Drittel der Wartezeit rum ist. Am späten Vormittag habe ich Gelegenheit und Bedarf und es gelingt mir doch noch ein wundervoller Orgasmus.

Dann kommen sechs Stunden mit Kind und Kegel. Aber ich möchte dich unbedingt heute noch anrufen. Also mache ich es am Schreibtisch während alle im Wohnzimmer sind. Ich erwische genau den richtigen Zeitpunkt, du bist gerade auf dem Heimweg von deiner Freundin und nachher kommen die Kinder von ihrem Vater heim. Wir reden länger miteinander, du freust dich offensichtlich über meinen Anruf. Es gibt nach wie vor große Probleme mit deiner Tochter, sie hat sich gar nicht über den Laptop gefreut, die Vernetzung ist deshalb auch noch nicht eingerichtet. Du sehnst den Termin bei der Psychologin herbei. Du bist froh, wenn Weihnachten vorüber ist. Du genießt es, dann auch mal für dich Zeit zu haben, wenn die Kinder zwei Tage bei ihrem Vater sind und du nicht herfahren musst.

Ich sage, dass ich es dir gönne, was ich ehrlich tue, wenn es auch schwer fällt. Du meinst dann, dass wir uns ja sehr bald wieder sehen. Es klingt ganz ehrlich so, als freust du dich auch wirklich darauf.

Vorsichtig, wegen meines Familienhintergrunds, frage ich nach den Dessous. Sie gefallen dir gut, aber zur Arbeit kannst du sie nicht tragen, da fehlt das gewisse Etwas. Probiert hast du auch noch nicht. Du bedankst dich für den Anruf, wir wünschen uns noch einen schönen Abend und du bist einverstanden, dass ich mich bald wieder melde. Ich bin nach dem Gespräch, auch wegen der Art wie du mit mir geredet hast, wieder sehr glücklich, dass es dich gibt und dass ich mich getraut habe, dich anzurufen.

In der Nacht wache ich wegen laufender Nase häufig auf, schlafe aber mit lieben Gedanken an dich immer schnell wieder ein. Gegen früh gebe ich mich dann Tagträumen hin, wir sind uns ganz nahe und mich überkommt es wieder, mit mir zu spielen und ich komme schon wieder zu einem schönen, heftigen Abschluss.

Danach gebe ich mich weiter den Tagträumen hin und es taucht im Hintergrund wieder die Frage auf, warum eine so junge und so hübsche Frau wie du sich mit mir so viel älteren einlassen soll. Dann wieder der tröstende Gedanke, dass es viele solche Beispiele gibt, die ich derzeit ganz besonders aufmerksam in den Medien verfolge.

Ich arbeite an den Notizen über uns, dadurch bin ich dir nahe, kann über uns nachdenken, kann die glücklichen Momente noch einmal nacherleben und die Zeit vergeht schneller. Die Bemerkung meiner Frau, wann wir denn Winterurlaub machen wollen, schreckt mich aus meinen Träumen. Ich will gar nicht, schon gar nicht über deinen Wochentag. Meine ganze Zeiteinteilung, mein ganzes Denken gilt nur dir, alles andere stört oder macht mich traurig. Hoffentlich klappt es, dass ich heute Nachmittag meinem Sohn den Drucker einrichten kann, das ist wenigstens eine Ablenkung.

Es klappt nicht, seine Freundin ist sehr lange bei ihm, was ich den beiden natürlich gönne. Also arbeite ich an den von mir betreuten Internet-Seiten, da bin ich wenigstens technisch beschäftigt. Dann nutze ich eine ungestörte Stunde und schaue ein paar Pornofilme auf dem PC an. Sex ist also immer noch sehr wichtig, das finde ich einerseits beruhigend, andererseits gilt mein ganzes Sehnen dir. Filme schauen ist sehr oberflächlich, ungeduldig. Nicht mal dabei bin ich bei der Sache. Nachdem ich deine Zärtlichkeit und dein Vertrauen kennen und lieben gelernt habe, ist alles frühere nichts.

Der Schnupfen macht mich etwas matschig, jämmerlicher Mann eben. Ich übertrage dein Foto auf einen abseits stehenden PC und betrachte es voller Sehnsucht. Wie gern würde ich dich jetzt in die Arme nehmen und drücken. Ich muss mit den Tränen kämpfen. Dann überarbeite ich das Foto mit Kontrast und Helligkeit, das ist wesentlich besser. Ich schaue dich so gern an.

Am nächsten Vormittag fahre ich zunächst mit meiner Frau zum Einkaufen, damit sie nicht ihr Auto frei kratzen muss. Das tue ich nur, weil du mich gebeten hast, lieb zu ihr zu sein. So muss mein Sohn eine Stunde warten bis ich Ihm endlich den Multifunktionsdrucker installiere. Dadurch bin ich etwas abgelenkt. Ich denke ständig daran, dich nachmittags anzurufen. Dann wieder halte ich morgen Vormittag für besser. Außerdem kann ich nicht Laufen gehen wegen des Schnupfens und zum Haus meiner Freundin wäre auch daneben, weil ich den Schnupfen vorgeschoben habe, um andere Aktivitäten mit meiner Frau abzubiegen. Eine blöde Falle, nein, blöder Schnupfen, nein, feiger Mann.

Ich installiere einen MP3-Maker und codiere die Katie-Melua-CD um und lade die Dateien auf meinen MP3-Player. Mehrmals höre ich mir das Lied „The Closest Thing to Crazy" an. Das ist für mich einfach unser Lied. Genauso fühle ich mich in unserer Beziehung.

Meine Frau geht gegen 16 Uhr kurz weg, da gibt es für mich kein Halten mehr, ich rufe dich an. Du bist mit deiner Freundin im Auto unterwegs, Ihr macht für zwei Tage einen Kurztrip. Ich bin eifersüchtig, aber du fühlst dich offenbar nicht durch meinen Anruf gestört, redest lange und locker mit mir.

Der Hintergrundlärm, das Navi und die Situation hindern mich allerdings, die Katie-Melua-Tournee anzusprechen. So bin ich etwas enttäuscht, aber trotzdem glücklich darüber, wie du mit mir geredet hast. Insbesondere wie du meine Ankündigung, dass ich mich wieder melde, mit „jederzeit" kommentierst. Aber die Eifersucht nagt, denn ich wollte dich im Alleinsein trösten. Deine Freundin versteht es schon sehr geschickt, deine Zuneigung immer wieder zu verstärken, meine Chancen scheinen da sehr gering. Dabei ist das natürlich sehr eigennützig von mir, im Grunde freue ich mich für dich und gönne dir diese Ablenkung. Ich beneide Euch beide wirklich um Eure Freundschaft.

Bei der weiten Fahrt und dem winterlichen Wetter mache ich mir gleich wieder Sorgen und hoffe, dass du dich mal meldest. Und du warst im Gespräch voll bei mir, was gräme ich mich also. Du hast gefragt, was ich noch so mache und als ich unter anderem „Lesen" aufzähle, ergänzt du lachend „und schreiben", gerade als ich das auch sagen wollte.

Ich bin so froh und glücklich, dass ich dich heute angerufen habe. Morgen hätte ich vielleicht mehr gestört.

Ich arbeite dann sofort wieder fast eine Stunde an meinen Notizen über uns.

Das Telefonat war doch wieder ein wunderbarer Beweis deines Vertrauens und deiner Offenheit. Du hättest mir ja gar nicht sagen müssen, dass du und warum du mit deiner Freundin unterwegs bist. Aber jetzt weiß ich, was du machst und wo du bist und kann mich zu dir hindenken. Ich ärgere mich wieder über meine dunklen Gedanken. Mit deinem Vertrauen und deiner Offenheit könnte alles so schön und einfach sein. Warum muss ich immer nur kompliziert denken. Wenn ich damit nicht aufhöre, werde ich unsere Beziehung gefährden. Das darf aber nicht geschehen. Ich werde mehr als bisher versuchen, über fröhliche Themen mit dir zu reden und viel mehr zu lachen. Die Ausnahme sollte zum Normalfall werden, die Probleme gehören in den Hintergrund.

Als ich im Bett liege fließen doch wieder heftig die Tränen.

Am nächsten Morgen bin ich sofort in Gedanken bei dir. Ich glaube zu spüren, wie du mit deiner Freundin zärtlich bist und sie verwöhnst. Reicht es dir, was sie dir zurück gibt? Denkst du auch an mich?

Ich schicke mit aller Gedankenmacht zu dir „Ich liebe dich, ich liebe dich, ich liebe dich". Solltest du dich doch irgendwann für mich entscheiden können, dann würde ich deine Freundschaft, ja sogar deine Liebe zu deiner Freundin akzeptieren müssen. Ich würde das auch akzeptieren können und wollen, denn ich habe großes Vertrauen zu dir. Würdest du auch meine Freundschaft zu meiner Freundin dann weiter akzeptieren können?

Die Lust zum Masturbieren wird übermächtig, trotz Erkältung. Nach kurzem Spielen komme ich steif und heftig zum Höhepunkt und habe dich die ganze Zeit neben mir vor Augen wie du mir zärtlich, liebevoll und ermutigend zuschaust.

Vormittags bin ich kurz allein. Ich nutze die Zeit, dein aufgehelltes Foto auf dein Handy zu überspielen. Jetzt habe ich dein Bild immer dabei.

Auf der Fahrt zum Haus meiner Freundin und zurück träume ich nur von dir, nehme mögliche Gespräche und Treffen wieder mal vorweg. Ich denke darüber nach, wann ich mich bei dir wieder direkt oder per SMS melde, ob es mir gelingt, dich zu einem kurzen Außen-Treffen vor dem nächsten Januar-Termin zu bewegen, was du zur Melua-Tournee sagen wirst und ob du nach drei Wochen Wartezeit auch wirklich wieder kommen wirst.

Deine tröstende Bemerkung an Weihnachten „wir sehen uns ganz bald wieder" geht mir nicht aus dem Kopf.

Immer wieder schaue ich auf dein Handy, aber es ist keine SMS da. Warum auch?

Wenn es dich nicht gäbe und die Sehnsucht nach dem nächsten Treffen, dann würden jetzt wieder die alten Triebe die Regie übernehmen. Dann hätte ich heute die Fahrt zum Haus meiner Freundin mit Sicherheit für schnellen gekauften Sex genutzt und am ersten Arbeitstag wäre ich mit Sicherheit in den Club gegangen. Aber so habe ich die Fahrt für das Besorgen eines digi-Foto genutzt, damit ich jederzeit in der Lage bin, von uns Fotos zu machen, wenn du einverstanden bist. Ich werde sicher brav bleiben, denn die Triebe lassen sich leicht mit Träumen an dich verdrängen, nein sogar befriedigen.

Alle Menschen in meiner Nähe sind mir lästig, weil sie mich in meinen Träumen stören, in erster Linie meine Frau, aber heute selbst meine Enkelinnen. Am wenigsten stören die Telefonate mit meiner Freundin, wohl weil sie mir nicht so nahe kommt, sondern Ablenkung bedeutet.

Heute schlafe ich allein und es übermannt mich dann doch, vorher ein paar Pornos anzuschauen und mich langsam zu einem wunderbaren, heftigen Höhepunkt zu führen. Das Gefühl kann aber noch so schön und beherrschend sein, die Sehnsucht nach dir bleibt spürbar.

Als ich einmal nachts aufwache, muss ich sofort wieder voller Neid daran denken, dass du jetzt wohl neben deiner Freundin schläfst. Wie ich sie beneide. Kurz nach 5 Uhr werde ich noch mal wach, es ist genau Halbzeit bis zum geplanten Treffen. Obwohl ich weiß, dass die zweite Halbzeit gefühlt immer schneller vergeht, erscheint es mir trotzdem so unendlich lang, andererseits aber doch überschaubar.

Auf jeden Fall befinde ich mich heute wieder in einem seelischen Tief wie schon lange nicht mehr. Meine Eifersucht auf deine und meine Zweifel an deiner Freundin nagen an mir. Eigentlich weiß ich oder spüre ich, dass du und ich wohl nie als Paar zusammen kommen werden, selbst wenn auch du wolltest, spricht doch so viel dagegen, jedenfalls kurzfristig. Aber ich verdränge es genauso wie die finanziellen Grenzen. Ich will weiter hoffen, aber es macht mich trotzdem alles so traurig. Würde ich nur meinen Trieben nachgeben und die Beziehung zu dir beenden, dann würde ich nicht einmal halb so viel Geld aufwenden müssen. Es macht mich offenbar auch traurig, dass du das sehr wohl weißt.

Ich verscheuche alle dunklen Gedanken und freue mich voller Sehnsucht auf unser nächstes Treffen. Ich freue mich auch darauf, dann wieder ein paar Takte mit dir Tanzschritte zu üben und hoffe, dass du daran weiter interessiert bleibst, möglichst mit zunehmender Begeisterung.

Nachmittags fahre ich die Enkelinnen heim und rufe dich auf der Rückfahrt vom Auto aus an. Du bist leider gerade noch auf der Heimfahrt mit deiner Freundin kurz vor deinem Wohnort. Wir verabreden, dass ich nachher noch mal anrufe. Ich warte eine Stunde, auch weil meine Frau mich ständig umschwänzelt und heute nicht schlafend vor dem Fernseher liegt. Schließlich ist es mir egal, ich rufe dich an, muss natürlich etwas verhalten reden und kann nicht alles ansprechen. Aber deine Kinder sind schon da und scheinen dich auch zu brauchen, so erzähle ich dir nur kurz von dem Artikel über die Schulphobie. Du gibst mir deine Mail-Adresse, damit ich dir den Fachartikel schicken kann, was ich dann auch gleich anschließend mache. Dann entlasse ich dich schweren Herzens zu deinen Kindern, sage dir aber noch, dass ich deine Freundin schon beneidet habe. Du sagst noch zu dem Ausflug, dass du nicht wirklich abschalten konntest.

Natürlich bin ich glücklich über unsere beiden Gespräche und über dein erneutes großes Vertrauen wegen der Mail-Adresse. Aber andererseits bin ich auch ein wenig enttäuscht, dass wegen des Hintergrunds auf beiden Seiten doch kein ausführliches Gespräch mit allen von mir geplanten Themen und sehr persönlichen Bemerkungen möglich war.

Eine Stunde später drängt es mich, dir doch noch einen Gruß zu schicken: „Liebe Pat, noch ein kleiner Gruß auf diesem Weg. Ich wünsche dir ein ruhiges und angenehmes Wochenende. Kinder sind trotz aller Probleme ein Reichtum. Ich würde dir so gern direkt helfen. Du darfst dich immer melden, mich jederzeit auch anrufen. Ich umarme dich, ganz liebe Grüße, Fred".

Nach einer halben Stunde kommt deine Antwort: „Danke Fred aber im Moment könnte ich nur weglaufen und mich ganz einsam verkriechen. Man kann einsam sein trotz vieler Menschen um sich herum. Das kennst du glaube ich auch. dir einen schönen Abend. Lg Pat".

Natürlich bin ich wieder sehr glücklich über deine schnelle und lange Antwort. Aber ich mache mir auch große Sorgen um dich. Vielleicht bist du ja doch bereit, dieses oder jenes mit mir zu unternehmen, vielleicht kann ich dir Ablenkung aber auch Halt damit bieten.

Da fällt mir ein, durch die Mail an dich hast du jetzt meinen vollen Namen im Absender. Darüber freue ich mich, denn bisher hatte ich den Eindruck, du wolltest ihn gar nicht, und ich wollte dich nicht drängen.

Meine Frau nervt wieder mit ihren Vorwürfen, dass ich nie Zeit für sie habe. Sie ist aber ungerecht. Tanzen lässt sie nicht gelten, denn das macht sie angeblich nur mir zu Liebe. Eigentlich alles was ich mit ihr mache, will ich ja angeblich auch und sie macht es nur mir zuliebe mit. Sie gibt mir allerdings keine Antwort, was sie denn stattdessen möchte, damit ich wirklich etwas ihr zuliebe mitmachen kann. Alle Mühe, die ich mir deinetwegen mit ihr gebe, ist vergeblich.

Heute Nacht schlafe ich durch, tief und fest. Ich habe also eine gewisse Ruhe wiedergefunden. Plötzlich fällt mir ein, dass ich dir ein Word-Dokument geschickt habe und gar nicht weiß, ob du es öffnen kannst. Also schicke ich dir eine SMS: „Hallo Pat, ich habe dir ohne Nachdenken ein Word Dokument gesendet. Wenn du es nicht öffnen kannst, sende ich jpg Seiten. Lg Fred". Dann bin ich wegen einer Wanderung mit Bekannten außer Haus. Als ich nach sieben Stunden wieder daheim bin, ist noch keine Antwort von dir da. Gleich mache ich mir wieder Sorgen. Aber vielleicht bist du einfach auch nicht daheim und konntest noch gar nicht nach der Mail sehen. Oder viel einfacher, du konntest das Dokument öffnen und liest es bevor du mir antwortest.

Jedenfalls stelle ich fest, dass ich ständig nur daran denke, wie ich dir helfen kann und wann wir uns wiedersehen können. Ich denke an dich als Mensch und die Verbesserung deiner Situation, bei den geträumten Treffen steht die Nähe und Zärtlichkeit, das „füreinander da sein" im Vordergrund aller Gedanken. Die wichtigste Nebensache, über die wir uns eigentlich kennengelernt haben, das sexuelle Zusammensein, tritt völlig in den Hintergrund, scheint nicht wichtig. Natürlich sehne ich mich auch danach, weil es so angenehm mit dir ist, aber im Moment als angenehme Nebensache.

Dann ist eine Antwort-Mail von dir da, ich bin selig:

„Hallo Fred, vielen Dank für die Lektüre. War sehr, sehr interessant. Hoffe sehr, dass wir das Problem in den Griff bekommen. Heute ist meine Tochter sehr umgänglich und höflich. Bis bald ganz liebe Grüße Pat".

Nun ist also auch der Mail-Austausch zwischen uns möglich. Ich bin ganz unbeschreiblich glücklich. Wie immer nicht nur über die Tatsache deiner Mail an sich, sondern auch über den Inhalt und die Formulierungen. Ich fühle mich dir so nah. Alle Sorgen sind weggeblasen. Ich bin ruhig und einfach glücklich.

Meine Überlegungen, vielleicht diese Woche zum Tantra zu gehen, kommen ins Wanken. Eigentlich habe ich gar keine Lust. Dann weiß ich plötzlich: falls ich dich diese Woche besuchen darf, gehe ich mit Sicherheit nicht. Vielleicht gehe ich überhaupt nie wieder dorthin. Jedenfalls nicht, solange unsere Beziehung besteht. Und noch immer habe ich die Hoffnung nicht aufgegeben, dass unsere Beziehung niemals enden wird. Ich sitze den ganzen Abend am PC und arbeite intensiv an meinen Notizen über uns.

Als ich nachts aufwache, habe ich gleich dich vor Augen, träume sofort davon, dir Tantra-Berührungen zu zeigen, und bringe mich damit zu einer heftigen Entspannung.

Nach dem Aufstehen denke ich darüber nach, wann ich dir eine SMS schicke und mit welchem Text. Mein ganzes Denken, Handeln und Planen ist nur auf dich ausgerichtet: Wie, wobei und wann kann ich dir helfen? Wann kann ich dich sehen, anrufen oder treffen? Alle anderen Vorhaben und Termine stören, sind lästig, mag ich nicht festlegen.

Mittags schicke ich dir eine SMS: „Liebe Pat, ich wünsche dir einen schönen Silvester und einen guten Rutsch ins neue Jahr. Ich werde dich um Mitternacht in Gedanken ganz fest umarmen. Ganz liebe Grüße, Fred".

Eine gute Stunde später kommt deine Antwort: „Hallo lieber Fred ich wünsche dir auch einen guten Start ins neue Jahr. Ich wünsche dir Glück, Gesundheit und Stärke. Ich drücke dich ganz doll. Lg Pat".

Ich wollte dir meine Wünsche erst nach Mitternacht schicken, ich werde dabei bleiben, auch wenn du mir nun deutlich zuvorgekommen bist. Auf jeden Fall werde ich dein Handy mitnehmen und gleich nach Mitternacht die SMS abschicken. Den ganzen Nachmittag und während der Silvesterparty denke ich nur an dich. Wie gern würde ich mit dir zusammen sein, mit dir tanzen und reden. Um 0:30 versuche ich die SMS zu schicken, aber wie befürchtet ist das Netz überlastet. Also schicke ich sie erst ab, als ich nach 2 Uhr wieder daheim bin: „Prosit Neujahr liebe Pat. Ich wünsche dir auch von ganzem Herzen viel Kraft, Glück, Gesundheit und ganz wenig Sorgen im neuen Jahr. Ich möchte, dass es dir gut geht. Viele ganz liebe Grüße, Fred".

Nun wecke ich dich möglicherweise doch, deshalb wollte ich es ja kurz nach Mitternacht machen. Ich gehe schlafen und wache 4:30 auf. Als ich rausgehe, höre ich das Ping von deinem Handy. Gerade kommt deine wieder ganz liebe Antwort von 2:40: „Happy new Year auch für dich lieber Fred. Alles alles Liebe für dich. Schlaf schön. Lg Pat". Natürlich kann ich jetzt wunderbar schlafen, obwohl gleich wieder die Gedanken durch meinen Kopf geistern, wann ich dich wieder anrufe oder vielleicht auch treffen kann. Und ich muss endlich meinen Vorschlag mit Katie Melua loswerden, bevor es keine Karten mehr gibt.

Am Neujahr Morgen fühle ich mich sehr wohl. Aber natürlich erfasst mich eine gewisse Traurigkeit, weil heute unser Wochentag ist, wir uns aber nicht treffen können. Ich bin entschlossen, dich heute anzurufen und habe gleichzeitig Angst, es könnte dir zu viel werden. Leider ergibt sich daheim keine Gelegenheit, also fahre ich kurz weg zum Joggen. Auf der Fahrt rufe ich dich an, du gehst auch dran, obwohl ich schon wieder den falschen Zeitpunkt erwischt habe. Deine Schwester ist gerade gekommen und ihr habt Euch noch gar nicht richtig begrüßt. Du unterhältst dich trotzdem ein bisschen mit mir und sehr lieb. Du fragst nach Silvester, du warst allein, die Kinder beim Vater.

Du fragst, wo ich gerade bin und weißt, dass ich normal mit meiner Freundin jogge.

Ich sage, dass ich dich am liebsten diese Woche in deinem Wohnort besuchen würde, du meinst aber ohne Zögern, dass das nicht geht. Darüber bin ich ein wenig traurig, obwohl ich es erwartet habe. Dann werde ich doch noch los, dass ich mit dir in ein Melua-Konzert gehen möchte und ob du dir das vorstellen kannst. Du sagst nicht sofort nein, sondern fragst nach dem Termin und meinst dann, dass wir dann ja noch Zeit haben, darüber zu reden. Dann beende ich das Gespräch, um nicht länger zu stören und gehe kurz Joggen.

Immer wieder kommen die Zweifel hoch, ob du dich über meine Anrufe wenigstens ein bisschen freust oder ob du sie nur aus Kundenfreundlichkeit annimmst, damit meine Zuneigung nicht abnimmt. Wenn ich aber wirklich nur ein Kunde für dich wäre, dann müsstest du mich zwar möglichst an der Leine halten, aber sie könnte sehr lang und locker sein. Dann müsstest du deine SMS nicht so lieb formulieren. Ach, wenn ich doch nur wüsste, was du denkst und empfindest und was ich tun soll mit meiner Liebe zu dir. Wie soll, wie wird das weitergehen? Auf jeden Fall freue ich mich unbändig auf das nächste Treffen. Im Bett träume ich sehr intensiv von unserem Zusammensein, habe dich vor Augen und spiele mit mir mit sehr erfolgreichem Abschluss. Nachts wache ich zweimal mit einer starken Erektion auf. Beim zweiten Mal kann ich mich nicht zurückhalten und erreiche schnell einen genussvollen Höhepunkt. Zweimal in einer Nacht, das gab es ja schon lange nicht mehr. Ich bin richtig spitz. Werde ich es wirklich durchhalten können, mich nur für dich aufzusparen? Noch bin ich mir ganz sicher, denn bei meinen Spielen bist nur du sehr wichtig in meiner Fantasie.

Heute gehe ich wieder zur Arbeit. Gäbe es dich nicht, wäre ich diese Woche daheim geblieben, aber ich möchte im Büro ungestört an den Notizen über uns arbeiten und von dir träumen können. Ohne dich wäre ich heute und morgen sicher in einen Club gegangen. Nun treibt mich nur der Wunsch, eventuell morgen zum Tantra zu gehen. Ich plane also nur Spezielles wie Tantra, aber einfach nur irgendwo hin wegen schnellem Sex, das reizt mich gar nicht mehr. Wird es so bleiben? Wenn du weiterhin nicht noch mehr Nähe, Privatheit, Zuneigung deinerseits zulassen wirst, sondern mich wie bisher mit meiner Liebe auf Abstand hältst. Dann könnte der Spannungsbogen doch mal überreizt werden und reißen, befürchte ich. Aber ich möchte es nicht, ich möchte, dass wir uns noch viel näher kommen.

Um 9 Uhr schicke ich dir eine SMS: „Hallo Pat, es tut mir leid, dass ich immer so unpassend angerufen habe. Vielleicht habe ich nächstes Mal mehr Glück. Ich möchte auf keinen Fall lästig sein. Ich wünsche dir einen schönen Tag, ganz liebe Grüße, Fred". Gleichzeitig habe ich Zweifel, ob das gerade der richtige

Ton ist. Ich möchte nicht traurig wirken, sondern fröhlich. Du sollst spüren, dass ich glücklich bin, ich möchte dich im Glück mitreißen. Ich weiß, dass ich dich nur gewinnen kann, wenn wir viel miteinander lachen und fröhlich sind.

Bis zum frühen Nachmittag kommt keine Antwort von dir. Gleich mache ich mir wieder Sorgen um dich oder auch nur, dass ich den falschen Ton getroffen habe. Aber dann nehme ich einfach an, dass du etwas mit den Kindern unternimmst und eben gar keine Möglichkeit hast, zu lesen oder zu antworten. Oder auch einfach keine Lust. Trotzdem werde ich morgen wieder versuchen, dich anzurufen, denn morgen ist zum ersten mal wieder ein Mondsicheltag wie in unserer ersten Nacht. Ich werde dich daran erinnern, falls der Himmel klar ist.

Abends bin ich todmüde, ich könnte um acht Uhr einschlafen. Die Ursachen sind die ganztägige Anspannung des vergeblichen Wartens auf deine SMS-Antwort, die Sorgen, die ich mir mache, ob es dir gut geht, das innere Ringen, ob ich Tantra machen soll und die überraschende Anwesenheit meiner Enkelin, so dass ich keine Zeit hatte, mich mit meinen Notizen zu befassen. Würdest du mir antworten, wenn du wüsstest wie ich leide, oder würde dich das nur belasten und von mir entfernen? Oder ist dir doch etwas passiert? Plötzlich ergreift mich das Gefühl, der heutige Tag könnte der Anfang vom Ende sein. Hast du deinen Traumprinzen getroffen? Ist das Denken an

Tantra nicht ein Signal, dass ich doch wieder Abwechslung will? Sind die drei Wochen jetzt doch zu lang?

So ein Quatsch, warum denn? Bis zum Telefonat erst gestern Nachmittag hatten wir doch so intensiven, lieben Kontakt, und auch nicht jeden Tag. Morgen wird sich zeigen, dass alles wie immer ist. Ich möchte, dass uns eine sehr schöne Zeit gemeinsam bevorsteht.

Auch bei meiner Freundin war ich immer sehr unruhig, wenn ich sie nicht erreichen konnte oder sie sich unerwartet nicht gemeldet hat. Bei dir ist es für mich noch viel schlimmer. Diese Unruhe bringt mich noch um. Dabei wird sich alles ganz einfach aufklären, ganz harmlos sein. So ist es doch meistens, so ist meine Erfahrung mit meiner Freundin und bisher auch mit dir. Ich will ganz ruhig sein und morgen Vormittag werde ich versuchen, dich anzurufen. Aber wenn ich dich nicht erreiche, wird es noch viel schlimmer sein.

Das ist die Strafe für meine Tantra-Gedanken.

Als ich schlafen gehe, ist immer noch keine Nachricht von dir da. Ich bin schon ein wenig traurig. Obwohl ich nicht mehr glaube, dass noch etwas von dir kommt, nehme ich die Handys eingeschaltet mit ans Bett, denn heute schlafe ich allein im kleinen Zimmer. Heute weine ich mich wieder in den Schlaf.

Am Morgen versuche ich mein Gewissen wegen meinem Tantra-Wunsch damit zu beruhigen, dass es nur wegen deiner langen Abwesenheit ist. Das ist aber nicht nur gelogen, sondern unfair. Denn diesen Termin habe ich mir schon seit Wochen so vorgenommen.

Dann denke ich über das letzte Jahr nach. Ab Mai begannen meine intensiven und häufigen Club-Besuche und ich bekam Bedenken, dass ich dafür zu viel Geld ausgebe. Nachdem ich mich dann in dich verliebt habe, habe ich doppelt so viel Geld ausgegeben ohne wirkliche Bedenken, sondern nur mit der Sorge, dass es deswegen irgendwann mit dir wieder vorbei sein wird.

Es treibt mich heute wirklich um, ob ich nicht doch einen Schlussstrich ziehen und wieder wie vorher den ständigen Wechsel suchen soll.

Wenn sich unsere Beziehung nicht weiterentwickelt, weil du es nicht willst, dann wird mir das nicht reichen. Sollte ich dann nicht die finanzielle Belastung reduzieren und wäre es nicht doch toll, immer wieder mit anderen leckeren Frauen Sex zu haben? Könntest du dann eine unter vielen sein?

Du würdest es wahrscheinlich akzeptieren, aber ich würde daran zerbrechen.

Diese Gedanken machen alles nicht besser. Ich muss ruhiger werden, ich erwarte viel zu viel. Ich will eine gemeinsame schöne Zeit mit dir verbringen, dann muss ich sie auch zulassen, einfach mit dir genießen, ohne dich oder mich zu irgendetwas zu drängen. Trotzdem treibt mich um, ob ab dem nächsten Treffen alles wieder so weiter geht wie im letzten Jahr oder ob ein Bruch entstanden ist, alles nur Gewohnheit ohne wirkliche innere Anteilnahme, Glück und Wohlfühlen.

Wird es für dich anders sein, wird es für mich anders sein, wird es für uns anders sein?

Von deiner Seite würde ich mir eine Zunahme deiner Zuneigung natürlich sehnlich wünschen, damit meine nicht abnimmt. Oder lässt es jetzt doch auf beiden Seiten schon wieder nach in der Erkenntnis, dass das „Wir" nie kommen kann.

Ich ringe mit mir, dich anzurufen. Aus Sorge, wieder unpassend zu landen, schicke ich dir mein Anliegen dann doch als SMS: „Guten Morgen liebe Pat. Gestern und heute hat mich die hier gut sichtbare Mondsichel an den wunderschönen Morgen vor vier Wochen erinnert. Das werde ich nie vergessen. My pretty woman, ich sehne mich nach dir. Einen schönen Tag, ganz liebe Grüße, Fred".

Nach einer halben Stunde kommt deine Antwort: „Hallo Fred bald ist die Zeit um. Der Tag naht. Es braucht nur einen kleinen Auslöser um das Erlebte wieder zu fühlen. Lg pretty Woman".

Ich könnte laut jubeln. Dir geht es gut, du hast Trost und Zustimmung für mich, du hast es wieder so lieb formuliert. Die Welt ist wieder in Ordnung, mir geht es gut, ich bin glücklich, ich freue mich unbändig auf unser Treffen. Ist es nicht irgendwie komisch, dass ich nach deiner Antwort wieder daran denke, Tantra zu genießen. Hätte ich dich vorher nicht erreicht, wären Sorgen und Unruhe zu groß gewesen, um überhaupt irgendetwas genießen zu können. Du könntest mir fast zu einem genussvollen „Fremdgehen" verhelfen und ich glaube zu spüren, dass dir diese Sichtweise sogar gefallen würde.

Hat dir jetzt „pretty woman" gefallen und du hast es deshalb verwendet? Ich glaube fast ja. Wir werden darüber reden. Es gefällt mir, wie du mich wegen der Wartezeit tröstest und wie du offenbar verstehst, was wegen der Mondsichel in mir vorgeht. Geht es dir mit beidem auch so?

Die letzten paar Tage standen wieder ganz im Zeichen von unerhofften Wendungen.

Für mein Denken und Fühlen ist dabei wirklich ungeheuer wichtig, ob und wie ich von dir etwas höre. Jetzt im Moment bin ich mir wieder ganz sicher, ab unserem nächsten Treffen wird alles wieder wie vorher, sogar schöner als vorher.

Gäbe es dich nicht, wäre ich heute sicher in irgendeinen Club gegangen.

Ich mache dann doch kein Tantra. Vielleicht gehe ich doch nie wieder dorthin. Irgendwie brauche ich das wohl doch nicht mehr. Ich will immer nur dich, nur dich. Wenn du mich willst und Zeit für mich hast, dann bin ich da. Ich spüre so ein ungeheures Verlangen nach dir, deiner Umarmung, deiner Zärtlichkeit, den Gesprächen mit dir.

Aber ich bin zusätzlich ziemlich spitz heute, es wird jeden Tag stärker. Seit ein paar Tagen lese ich auch täglich wieder die englischen Porno-Kurzgeschichten, aber ein bisschen einheizen kann ja auch nicht schaden. Ich habe mich schon lange nicht mehr so häufig selbst befriedigt wie in den letzten zehn Tagen. Abends spiele ich mit mir, aber ohne Abschluss. Ich will jetzt wieder für dich enthaltsam sein. Ich möchte, dass meine Befriedigung ein gemeinsamer Genuss für uns beide wird.

Am nächsten Morgen sind sofort und ständig meine Gedanken nur bei dir. Ich hatte gehofft, die letzten Tage davor werden gefühlt schneller vergehen so wie sonst. Aber diesmal scheint die Zeit still zu stehen. Heute scheint es als würde aus den drei Wochen eine Ewigkeit. Im Schwimmbad unter der Dusche ist wie immer seit Wochen das Gefühl, der Traum da, dass ich im Club bin und nach dem Duschen bei dir. Ich lese immer wieder meine Notizen über uns und ergänze sie. Ohne dieses ständige wieder Erinnern an alle unsere Begegnungen und Gespräche würde ich verrückt werden. Gleichzeitig ist mir immer wieder alles bildlich vor Augen, du bist mir so nah. Dieses Träumen ist wunderbar.

Meine Kollegin ist heute nicht da. Die anderen stören mich weniger, weil sie meine Arbeitsunlust nicht bemerken. Am liebsten wäre ich natürlich ganz allein im Büro, dann würde ich dich anrufen.

Plötzlich wird mir klar, dass es immer Unsinn war, ständig beim Sex die Abwechslung zu suchen. Klar war es irgendwie aufregend mit immer wieder anderen Frauen, aber dann war es doch immer wieder dasselbe, oder enttäuschend. Die erste und einzige wirkliche Abwechslung in all den Jahren war doch das Zusammensein mit dir. Das soll ich einschränken zugunsten des alten Einerleis? So ein Unsinn. Ganz abgesehen davon, dass ich dich ehrlich liebe und jede Sekunde mit dir verbringen möchte, die möglich ist.

Ab Mittag bin ich allein im Büro. Vor vier Monaten wäre das noch das Signal für mich gewesen, abzuhauen zu irgendeiner sexuellen Aktion in irgendeinem Club. Insbesondere wäre das der Fall gewesen, wenn ich so spitz wie heute gewesen wäre. Aber heute will ich nicht. Ich will nur noch mit dir Sex haben. Ich versuche dich anzurufen, ich muss einfach deine Stimme hören. Aber leider gehst du nicht ran. Ich bin schon ein bisschen traurig, dass ich dich nicht erreiche. Ich bleibe trotzdem am Arbeitsplatz und arbeite an den Notizen weiter. Gegen diese Erinnerungen und Gefühle hat kein Trieb eine Chance.
Es treibt mich aber doch um, dass ich dich nicht erreicht habe. Schließlich schreibe ich dir eine SMS: „Hallo Pat, ich wollte dich anrufen, weil allein im Büro, habe dich aber leider nicht erreicht. Ich wünsche dir ein schönes Wochenende. Gerade scheint die Zeit still zu stehen, aber irgendwann ist wohl doch

endlich Trefftag. Ich umarme dich, ganz liebe Grüße, Fred"

Offenbar ist während dieser langen Wartezeit unsere Gedankenübertragung verloren gegangen. Ob sie wieder erwacht, wenn wir uns jede Woche treffen können?

Es ist gerade 15 Uhr, in 96 Stunden treffen wir uns, das ist noch weniger als ein Fünftel der 500 Stunden der gesamten Wartezeit, jetzt wird es überschaubar.

Sehnsüchtig warte ich auf eine Nachricht von dir, aber es kommt bis 19 Uhr keine. Aber mir ist auch klar, dass ich überhaupt glücklich sein muss, dass du meistens so schnell und lieb antwortest und auch bisher immer direkt mit mir am Telefon gesprochen hast. Du bist mir keine Rechenschaft schuldig dafür, was du machst und du musst dich nicht bei mir abmelden. Insbesondere deshalb nicht, weil die liebende Zuneigung einseitig nur von mir ausgeht. Für den Trefftag melde ich natürlich meinen Anspruch an, den du ja bisher sehr gern annimmst, ansonsten habe ich wirklich keine Ansprüche an dich zu stellen. Außerdem kann ich mich wirklich nicht über deine Erreichbarkeit beklagen. Aber ein wenig traurig darf ich schon sein, ich sehne mich eben so stark nach dir. Du wirst mir meine Ungeduld vergeben.

Dann als ich kurz nach 19 Uhr gerade wieder zum Schreibtisch gehe, höre ich das Ping von deinem Handy. Ich bin elektrisiert, mein Herz hüpft, du meldest dich und so lieb trotz offensichtlicher Zeitnot: „Hallo Fred hatte heute viel um die

Ohren. Sorry. Wünsche dir auch ein schönes Wochenende. Bis ganz bald Lg Pat". Du hast dir Zeit für mich genommen, ich bin wieder so glücklich, alle dunklen Wolken und Gedanken sind weggeblasen.

Und wenn ich ganz ehrlich gegenüber mir selbst bin, dann war ich mir den ganzen Nachmittag sicher, dass der Tag genau so wunderschön zu ende geht, ich war mir sicher, dass du dich meldest. Warum also die dunklen Gedanken?

Heute sind meine Enkelinnen da, ich schlafe allein im kleinen Zimmer. Ich finde es schön, weil ich dann die Handys dabei habe und erreichbar bin und weil ich ganz ungestört von dir träumen kann.

Aber ich kann die Gelegenheit nicht versäumen und gebe meiner Geilheit nach. Ich schaue mir Pornos an und erreiche zunächst eine unglaublich feste Erektion und dann einen wunderbaren explosiven Höhepunkt. Damit habe ich mich noch einen Tag weniger für dich aufgespart. Das werde ich bei unserem Treffen sicher bereuen.

Am nächsten Morgen denke ich daran, dass in einer normalen Woche jetzt Halbzeit wäre. Aber im Moment scheint mir das nächste Treffen noch sehr unwirklich, ich kann es fast noch nicht glauben, dass die lange Zeit bald vorüber ist.

Doch im Laufe des Vormittags erwacht die Vorfreude wieder, die Aufregung wird wieder spürbar, das Kribbeln im Bauch ist wieder da. Jetzt spüre ich unser nächstes Treffen wieder körperlich voraus, ich spüre jeden Herzschlag. Ich bin einfach glücklich über diese fast vergessenen Empfindungen, glücklich darüber, dass doch alles wieder wunderbar und aufregend ist und sein wird. Ich bin mir ganz sicher, es beginnt eine schöne Zeit, mindestens wie zuletzt, wenn nicht noch viel schöner als vorher.

Obwohl ich auch heute wieder richtig geil bin, bin ich mir ganz sicher, dass es jetzt überhaupt kein Problem mehr ist, für dich enthaltsam zu sein. Die erwartungsvolle Aufregung über das nächste Treffen mit dir überstrahlt alles. Diese unglaublich tiefe Gewissheit, dass ich dich liebe, beherrscht mich, ich könnte heulen vor Glück.

Wieder ist da dieses tiefe Gefühl, die Gewissheit, gleichzeitig die Merkwürdigkeit, dass ich nicht in den Club komme, um meinen Trieb zu befriedigen, sondern um dich zu treffen, mit dir zusammen zu sein.

Es ist so ein wunderbares unübertreffliches Gefühl, es sind Welten zwischen meinem Empfinden im letzten Sommer und jetzt in diesem Club. Damals war das Ziel der Club mit irgendwelchen anwesenden Frauen, jetzt bist es du, nur dich sehe ich vor mir, die Umgebung ist eben zufällig der Club, ich würde überall hingehen, um dich zu treffen.

Ich bin so aufgeregt, so unruhig, genau so wie es immer war einige Tage vor unserem nächsten Treffen.

Die Anspannung macht mich todmüde, ich würde mich mittags am liebsten Schlafen legen. Aber meine Enkelinnen sind da und durch das Spielen mit ihnen überwinde ich den toten Punkt, ohne dass das Träumen von dir nachlässt.

Bis in den Abend arbeite ich immer wieder an meinen Notizen über uns und überlege, was davon ich dir alles erzähle.

Vor dem Einschlafen und einmal nachts spiele ich mit mir bis zu einer Erektion, einfach nur, um mich in Schwung zu halten, in Übung zu bleiben für dich. Dabei träume ich, wie du neben mir liegst, mich unterstützt, mir zuschaust und wir über sexuelle Berührungen und Aktivitäten reden. Ich würde so gern einmal richtigen Verkehr mit dir haben, ganz besonders auch in der von dir bevorzugten doggy-style Stellung.

Am nächsten Tag träume ich weiter von dir und arbeite an den Notizen. Ich stelle mir vor, dass du mir heute vielleicht eine SMS schickst, ich werde dir auf jeden Fall morgen eine schicken. Jetzt sind es nur noch 52 Stunden.

Immer wieder lese ich auch die kleinen englischen Pornogeschichten, ich möchte mir einheizen, ich möchte richtig geil sein, wenn wir uns wieder treffen.

Zum ersten Mal seit vier Monaten drucke ich mir neue Geschichten aus den Internet-Archiven aus. Hat sich doch grundlegend wieder etwas geändert in meinem Verhalten, werde ich mich wirklich weiter so ausschließlich nur mit dir treffen wollen oder werde ich doch hin und wieder meinen

Trieben nachgeben? Wenn ich deine Liebe nicht gewinnen kann, dann darf ich mich auch nicht in der Liebe zu dir verlieren, in ihr gefangen sein, dann muss ich mich so normal wie möglich, wie es mir wirklich gut tut, verhalten, sonst werde ich verrückt, oder? Jede ungestörte Minute träume ich von dir.

Ich gehe mit einem wohligen Glücksgefühl schlafen, getragen von einer ruhigen Vorfreude.

Insgesamt schlafe ich diese Nacht tief und fest, nur einmal bin ich fast eine halbe Stunde wach und denke heftig an dich. Aber mich plagen keinerlei Sorgen oder dunkle Gedanken, alles ist bestimmt von der wachsenden, freudigen Aufregung auf Übermorgen.

Morgens im Büro schreibe ich dir als erstes eine SMS: „Guten Morgen liebe Pat. Nur noch einen Tag, ich bin so aufgeregt und freue mich ungeheuer, ich umarme dich, ich wünsche dir einen schönen Tag, ganz liebe Grüße, Fred".

Eine Stunde später deine Antwort: „Ja jetzt ist es bald geschafft. Für mich wird es wieder eine schwere Hürde nach so langer Zeit. Also bis morgen. Lg Pat".

Wie unfair ist es doch von mir, dass ich nur juble vor Freude und es als selbstverständlich annehme, dass du wieder für mich da bist, es für dich aber eine Überwindung bedeutet, wieder in den Club zu kommen. Das tut mir ehrlich leid für dich und ich habe ein schlechtes Gewissen als Nutznießer. Wie gern würde ich eine Lösung finden nur für uns. Aber wenn sich die ergibt, dann müsstest du sie natürlich auch akzeptieren.

Insbesondere nach diesen ewig langen drei Wochen ist meine Vorfreude so riesig und die Vorstellung furchtbar, dass du eines Tages nicht mehr für mich da sein willst oder kannst.

Ich stelle mit Blick auf die Uhr fest, dass ich in genau 24 Stunden auf dem Weg zu dir bin. Plötzlich kommt mir das so unwirklich vor. Ist die lange Wartezeit dann wirklich vorbei und wir verbringen einen wunderbaren Nachmittag zusammen? Auf der Heimfahrt mischt sich dann wieder ein wenig Traurigkeit in die Vorfreude, weil Morgen um diese Zeit unser Zusammensein schon wieder zu ende geht. Nach dem Tanzkurs abends sind es noch 18 Stunden, davon sieben Stunden Schlaf, jetzt rennt die Zeit doch endlich.

Endlich wieder der Tag der Tage. In sieben Stunden bin ich zu dir unterwegs.

Heute wird unser 25. Treffen sein. Gegen 8 Uhr schicke ich dir eine SMS: „Guten Morgen liebe Pat. Vielleicht kannst du dich ja ein wenig auf mich freuen und es wird etwas leichter, her zu kommen. Ich wünsche dir eine gute Fahrt. Bis nachher am gleichen Ort zur gleichen Zeit. Küsschen und ganz liebe Grüße, Fred".

Ich warte sehnsüchtig, aber vergeblich den ganzen Vormittag auf eine Antwort. Vielleicht meldest du dich ja, wenn du gut angekommen bist. Ein bisschen Angst habe ich, dass deine Tochter gestern und besonders heute wieder Probleme hatte und du dich dann kurzfristig entschließt, gar nicht zu kommen. Auch wenn es mich sehr schmerzen würde, ich könnte es verstehen.

Bis 13 Uhr höre ich nichts von dir. Ich schreibe dir: „Hallo Pat, jetzt werde ich gerade etwas unruhig. Kommst du auch oder bist du schon da? Lg Fred".

Sehr schnell kommt deine Antwort, dieser Signalton hört sich so wunderbar an: „Hallo Fred verzeih mir. Habe nur meine Tochter im Kopf heute war erster Schultag war schlimm. Ja bin da". Und voller Mitgefühl aber auch Freude, dass du da bist antworte ich kurz: „Das habe ich geahnt, deshalb war ich ja so unruhig, bis nachher, lg Fred".

Keine Stunde mehr, ich bin verrückt vor Freude auf dich und unglaublich aufgeregt und ich habe so viel Mitleid mit deiner Lage und fühle mich so hilflos.

Endlich kann ich losfahren. Es ist so unwirklich nach so langer Zeit, ich bin auf dem Weg zu dir.

Ich treffe dich an der Treppe, wir begrüßen uns kurz und sind uns einig, dass es ganz unwirklich ist nach der langen Zeit. Dann gehe ich schon allein vor, hole mir einen Kaffee und warte auf den Polstern. Kurz danach kommst du auch, setzt dich mit einem Kaffee zu mir und zündest dir eine Zigarette an.

Heute rauchst du sehr viel, nachher auf dem Zimmer kommen noch fünf Zigaretten dazu.

Du wärest am liebsten nicht gekommen, die Hürde, hierher zu kommen war nach der langen Pause sehr hoch. Du hast ernsthaft überlegt, zum Sozialamt zu gehen, dann aber doch eingesehen, dass es hier mehr Geld gibt. Also hast du dich überwunden. Ich denke darüber nach, für mich ist das sehr zwiespältig. Einerseits gefällt es mir, dass du den Job hier nicht mit Begeisterung machst, andererseits habe ich entsetzliche Angst, dass wir uns nicht mehr treffen. Auf meine Frage, ob du dich wenigstens auf mich gefreut hast, gibst du keine Antwort, du wiederholst nur, dass es dich große Überwindung gekostet hat herzukommen. Es macht mich schon ein wenig traurig, dass ich als Person offenbar doch keine besondere Rolle für dich spiele.

Wir reden fast 30 Minuten miteinander. Du erzählst von deiner Tochter. Sie hatte heute am ersten Schultag sehr große Probleme, ansonsten war sie über die Ferien nicht mehr so aufsässig dir gegenüber, sondern recht lieb. Sie hatte sich zunächst gar nicht über den Laptop gefreut, ihn aber nun doch angenommen. Die Vernetzung ging zunächst total schief, keiner konnte mehr auf das Internet zugreifen. Ein Bekannter aus der Nachbarschaft, der den Hund hin und wieder betreut, hat es dann richtig konfiguriert. Dir war sehr peinlich, dass er diesen

FKK-Club unter den verwendeten Internet-Adressen gefunden hat und du hast es auf deinen Vater geschoben.

Ich frage nach deinem Ausflug mit deiner Freundin. Die Navi-Probleme waren dadurch verursacht, dass GPS nicht eingeschaltet war. Du hast das entdeckt, dann war es super. Es war insgesamt ganz nett, besonders auch die Einkaufsbummel. Du ärgerst dich, dass du ein Paar Stiefel nicht gekauft hast, die du nun hier nicht finden kannst. Leider hattet Ihr am letzten Tag heftigen Streit. Für dich war die Freundschaft zunächst erledigt. Aber inzwischen ist deine Freundin wieder auf dich zugekommen. Auch bei dieser Erzählung bin ich hin und her gerissen zwischen meiner Eifersucht auf sie einerseits, und dass ich dir anderseits diese Freundschaft gönne, gönnen muss.

Ich frage, ob du ein Bluetooth-Headset von mir haben möchtest. Du hast eines, bekommst aber immer Kopfschmerzen davon. Deshalb würde dir ein Navi mit Telefon-Freisprech-Schnittstelle so gefallen.

Für die zweite Geschwindigkeitsübertretung hast du noch keinen Bescheid bekommen, die erste hat wie erwartet 40 € plus einen Punkt und zusätzlich Gebühren gekostet. Da du in dem Info-Text von mir gelesen hast, dass bei Wiederholungen der Führerschein eingezogen werden kann, hast du jetzt Angst und bist deshalb heute ganz angepasst gefahren. Ohne Führerschein wärest du aufgeschmissen, auch vor Ort.

Du tauschst Blicke mit einem ankommenden Gast, den ich auch schon mehrmals hier gesehen habe. Ich schlage vor, heute wieder Sekt mit aufs Zimmer zu nehmen und gehe noch mal kurz zum Spind. Als ich zurückkomme, sprichst du mit dem anderen Gast. Wieder schwanken meine Gefühle zwischen Eifersucht, auch dass die Wahl mal gegen mich ausfallen könnte, und der Sorge um dich, dass du einen anderen Stammgast mir zu Liebe verprellen könntest und damit weniger Einnahmen hättest. Auf dem Weg nach oben aufs Zimmer mache ich mir Gedanken, ob dich dieselben Gedanken bewegen und du dich bei mir wirklich fallen lassen kannst.

Auf dem Zimmer gebe ich dir gleich die Melua-CD „Pictures" und das Glücksschwein zum neuen Jahr. Dann stoßen wir auch gleich gegenseitig auf ein gutes neues Jahr an.

Du sprichst an, wie ich die drei Wochen verbracht habe, die auch dir rückblickend unendlich lang erscheinen.

„du warst doch sicher bei Tantra?"

Ich bin schon verblüfft, aber gebe es gleich zu, denn ich hätte es dir sowieso erzählt. Dann sprechen wir noch kurz über die Dessous, die ich dir geschenkt habe, und dass ich zum ersten Mal in meinem Leben in einer Dessous-Abteilung war. Sie passen dir und gefallen dir, aber du kannst es bei dem schlichten Design nur privat, nicht hier zur Arbeit anziehen. Du erklärst dann noch, dass hier besonders extrem Reizvolles angebracht ist, du am liebsten etwas mit Tanga und Hemdchen/Kleidchen anziehst.

Ich denke daran, dass ich sehr gern mit dir gemeinsam etwas einkaufen gehen würde.

Wir liegen nebeneinander auf dem Bauch und reden, reden, reden. Ich streichle dich immer wieder dabei.

Ich spreche noch mal das Tantra an, weil du es mir sofort unterstellt hast.

„ich kenne dich doch, das wirst du nie aufgeben"

Es klingt überhaupt nicht vorwurfsvoll, du kannst das offenbar akzeptieren. Dann sage ich ehrlich, dass ich die letzen 14 Tage sehr geil war und so oft masturbiert habe wie schon lange nicht mehr. Wärest du nicht, dann wäre ich sicher mindestens zweimal in einen Club gegangen. Aber ich will das jetzt nicht mehr, deinetwegen habe ich gar keinen Antrieb mehr zu anderen Begegnungen.

Du schaust mich ganz lieb an, direkt ein wenig glücklich über meine Offenheit und Verbundenheit, das ist jedenfalls mein Eindruck. Du fragst dann, wann und wie ich mich selbst befriedige. Ob meine Frau das nicht bemerkt. Ich erkläre, dass ich es eigentlich nur im Bett abends oder nachts mache, wenn sie im Wohnzimmer schläft.

Ich kann auch oft nicht widerstehen, wenn ich allein im kleinen Zimmer schlafe.

Ich erzähle dir, dass ich dich dabei immer neben mir sitzen sehe, du mir zusiehst oder mich unterstützt. Du lächelst, sagst aber nichts.

„du hast dich in diesen 3 Wochen doch sicher
auch selbst befriedigt?"

„nein, ich hatte einfach nicht die Ruhe"

Offenbar hast du dich also nicht einmal Silvester selbstbefriedigt als du das Alleinsein genossen hast. Das mindestens hatte ich vermutet.

Du bist heute so lieb, offen und vertraut. Alle Themen gehst du fröhlich an, nichts nimmst du übel, über nichts scheinst du bestürzt oder traurig, du wiegelst keine Frage und keinen Vorschlag ab. Es gibt also doch noch eine Steigerung in unserer Vertrautheit und unseren Übereinstimmungen.

Insbesondere wiegelst du nicht ab, dass wir uns mal wieder treffen, zusammen übernachten, sondern denkst aktiv darüber nach. Durch mein Nachfragen ist auf jeden Fall klar, dass nur Tage in Frage kommen, an denen deine Kinder bei ihrem Vater sind, also externes Treffen anstelle Besuch im Haus nebenan. Aber du stellst das nicht in Frage, sondern stimmst zu.

Dann fragst du sogar noch, wann ich in Ruhestand gehe, „im März?". Du freust dich dann über die Antwort „Oktober" und fragst, wie es denn dann ab Oktober noch möglich sein wird, dich zu treffen. Du machst dir also so langfristig Gedanken, wie wir uns treffen können. Das macht mich sehr glücklich und beruhigt mich. Ich erkläre dir, dass ich Wege für externe Termine finden werde. Diese Gespräche bereiten mir ein großes Glücksgefühl voller Vertrauen.

Dann sprechen wir über die Katie-Melua-Konzerte. Wir schauen uns den Terminplan an und haben beide ohne Brille Probleme mit der kleinen Schrift, aber du kannst es gerade noch lesen. Die Termine liegen leider auch nicht so, dass eine Übernachtung in Frage käme. Die einzige Möglichkeit wäre in deiner Umgebung, so dass du anschließend zu den Kindern heim kannst, aber in dem Großraum gibt es kein Konzert. Ein Termin hier in der Umgebung kommt nicht in Frage, da sind wir uns einig, da wir beide von den falschen Leuten gesehen werden könnten. Ich sage allgemein für den Fall, dass wir mal zusammen gesehen werden „wir kennen uns beruflich und das ist ja nicht gelogen, wir sagen ja nicht über wessen Beruf wir uns kennen". Wir lachen gemeinsam, du findest die Idee auch nett. Ich versichere dir, dass ich dich auf jeden Fall niemals verleugnen würde. Wenn man uns sieht, dann ist es eben so, und man muss sich ganz natürlich und selbstverständlich benehmen. Du bist überrascht, dass ich es überhaupt nicht problematisch fände, wenn wir meinen Sohn treffen würden. Der würde mir sicher nichts unterstellen und mir eine beliebige Bekanntschaft zutrauen.

Dann frage ich, an welchem Tag im April du Geburtstag hast, Volltreffer, genau der Tag des von mir ausgeguckten Konzerts.

Das kommt deshalb also auch nicht in Frage. Auf jeden Fall redest du ganz offen und positiv über eine neuerliches Übernachtungstreffen und ich schlage vor, dass du mal für einen Abend ein Konzert im deiner Umgebung raussuchst, das wir dann gemeinsam besuchen.

Dann meinst du in Gedanken an dein Geburtsdatum

„jetzt werde ich schon 39, wie schrecklich"

„ich würde gern noch mal 39 sein"

„und mit der Erfahrung von jetzt"

Dann reden wir über deine Feststellung, dass man bereits in deinem Alter auch mit Erfahrung kaum noch etwas anders machen kann. Ich gebe dir recht. Um sein Leben völlig anders zu steuern, müsste man viel jünger sein.

„mit dem was ich jetzt weiß, hätte ich mit Sicherheit meine Jugendbrieffreundin geheiratet und bin mir sicher, wir wären jetzt noch miteinander glücklich"

Da fragst du noch mal, ob ich weiter nach ihr gesucht habe und ob ich wirklich gar nicht mehr ihren damaligen Wohn- oder Geburtsort kenne. Nein die kenne ich nicht mehr. Aber ich verspreche dir, dass ich es mal mit einem Suchangebot im Internet versuchen werde, auch wenn ich nicht viele Angaben zur Identifizierung machen kann.

Es bleibt klar, dass du wegen deiner Tochter morgen nicht ins Haus nebenan kommst. Du erzählst, dass du durch die

Anspannung heute Mittag so müde warst, dass du auf den Polstern kurz eingeschlafen bist.

„hattest du heute noch keinen Kunden?"

„doch unmittelbar vor dir um halb Drei"

Dann verwöhne ich dich und versuche eine besonders ausgedehnte und zärtliche Vorbereitung. Ich habe den Eindruck, dass es sehr schön für dich ist. Später verwöhnst du mich und beginnst auch sehr zurückhaltend und sehr zärtlich. Aber mein Versuch in den letzten Tagen, mich anzuheizen, zeigt keine Erfolge. Die Tatsache von nur vier Tagen Enthaltsamkeit ist offenbar entscheidender. Meinen ersten Versuch nachzuhelfen weist du heftig zurück. Du möchtest offenbar selbst den Erfolg haben. Dann führe ich ganz zurückhaltend deine Hand in Tantra ähnliche Aktionen und Berührungen. Am Schluss muss ich doch nachhelfen und habe dann zu deiner Überraschung einen trockenen Orgasmus. Das kennst du nicht und bist besorgt, ob das genauso schön ist. Ich erkläre dir den Vorgang mit dem inneren Erguss und dass es vom Gefühl kein Unterschied ist.

Wir sind heute wieder im Zimmer mit dem Porno-Bildschirm und schauen auch beide immer wieder kurz hin. Wir reden darüber, auch dir gefällt es, aber es ist dir ausreichend, was du hier siehst. Ich gebe zu, dass es mir auch gefällt. Wir sind uns einig, dass das nichts Verwerfliches ist und schon einheizen kann. Versuchst du mit diesem Zimmer meine Potenz zu steigern? Die Wahl dieses Zimmers ist dann sehr gut gemeint, ich sollte vielleicht mehr darauf eingehen, das würde dir vielleicht sogar gefallen. Jetzt weiß ich auf jeden Fall sicher, dass du die Nutzung von Pornos nicht verurteilst.

Als du später zum Frischmachen raus gehst, schaue ich den Porno an und beneide den Darsteller um sein Stehvermögen. Als du zurückkommst sage ich es dir und wie gern ich das mit dir einmal machen würde. Wir schauen beide kurz gemeinsam auf den Bildschirm und ich erzähle, dass eine deiner Kolleginnen es einmal geschafft hat, dass ich kurz von hinten einführen konnte.

Ich frage, wie die Sprache zwischen dir und den Gästen ist, wie z.B. neben den zurückhaltenden Bezeichnungen wie Verkehr und Französisch auch die deftigen Ausdrücke Ficken und Blasen verwendet werden. Du meinst, es gibt alles und du hättest damit auch keine Probleme. Dann liegst du wieder ganz entspannt mit geschlossenen Augen neben mir und ich betrachte voller Liebe dein wunderschönes Gesicht.

Ich erzähle dir, wie und in welchen Situationen ich versucht habe, lieb zu meiner Frau zu sein, weil du es dir wünscht. Bei dem Beispiel mit dem Küchenstudio meinst du dann, dass dir deine Küche zu den neuen Ess-Möbeln nicht mehr gefällt. Du überlegst Anpassungen durch eine neue Arbeitsplatte und neue Griffe. Außerdem hättest du gern eine Edelstahl-Kühl-Gefrier-Kombination. Die amerikanischen mit Eis-Crasher findest du ganz toll, das müsste aber nicht sein.

Dann stoßen wir wieder an und ich stoße auf unser heutiges 25. Treffen an. Du kannst es gar nicht glauben, dass es schon so oft war. Ich sage dann, dass ich es bemerkt habe, weil ich noch mal nachgesehen habe, wie langsam es doch anfing mit halben Stunden, dann einer Stunde. Das war doch wirklich extrem kurz, jetzt sind schon drei Stunden entsetzlich kurz.

Ich erzähle von der Zeitungsanzeige über das geplante Laufhaus im Nachbarort und frage dann, ob die 15min-Termine im Haus nebenan oft genutzt werden. Du meinst, schon oft und meistens mit vollem Pogramm mit allen Variationen.

Du möchtest heute keine Tanzschritte mehr üben, sondern lieber noch mal ausführlich gestreichelt werden, was ich sehr gern mache. Du liegst ganz entspannt da, schließlich lege ich mich daneben und betrachte wieder dein Gesicht.

Schließlich öffnest du die Augen und schaust mich an.

„du siehst sehr müde aus"

„ja, es ist aufregend und anspannend und dann so entspannend, mit dir ein paar Stunden zu verbringen, da könnte ich schließlich schon einschlafen"

Dann ist der schöne Nachmittag doch schon wieder vorbei, aber du scheinst stillschweigend davon auszugehen, dass wir noch zusammen Essen gehen. Daran scheint dir viel zu liegen, was mich natürlich sehr freut.

Es war ein wunderbarer Nachmittag und alle Signale von dir waren grün, ich hatte bei jedem Thema das Gefühl, dass du dich freust, alles Angesprochene mit mir gemeinsam auch zu machen, wir waren uns noch nie zuvor so nah.

Es war also doch wieder eine Steigerung möglich. Es bleibt aufregend.

Es ist nach der langen Pause keineswegs langweilige Normalität eingekehrt, sondern im Gegenteil, die uns näher bringende Spannung ist gewachsen.

Ich hatte ganz deutlich den Eindruck, dass du das genauso empfunden hast wie ich. Die stumme Traurigkeit auf deiner Seite, wie ich sie letzten Monat so oft empfunden hatte, ist einer offenen Fröhlichkeit gewichen. Fast möchte ich glauben, dass du doch ein wenig verliebt bist. Mindestens lässt du es ohne Widerstand zu, dass wir uns während dieses Zusammenseins so verhalten und ich es spüren kann. Und es ist auch daran zu spüren, dass wir so viel gegenseitig über unseren Alltag, unsere Familien, unsere Freunde wissen und uns auch per SMS auf dem Laufenden halten. Meine Ängste im Vorfeld, der Faden könnte nach der langen Pause gerissen sein, wir nicht mehr die Nähe und die Gespräche finden, waren völlig unbegründet. Das Gegenteil ist eingetreten.

Wir reden darüber, wie unwirklich es scheint, schon wieder aufeinander warten zu müssen. Aber du sagst, dass es ja nur sieben Tage sind. Dabei ist dein Blick so voller fröhlicher Zärtlichkeit, ich bin im siebten Himmel.

Als wir nach unten kommen, sitzt der Gast vom Anfang noch oder wieder an der Theke. Wird er heute noch dein Gast sein, hat er gewartet oder geht er zusätzlich jetzt mit dir aufs Zimmer? Du gehst jedenfalls ganz unbeeindruckt in aller Ruhe mit mir essen. Wir reden über deine Tochter, ich wünsche dir viel Kraft und Erfolg für morgen. Ich zeige dir die nach meiner Ansicht niedliche Polin, mein letztes Fremdgehen vor zwei Monaten. Du findest sie gar nicht besonders hübsch. Dann bringst du mich wieder untergehakt zur Treppe und versprichst mir, dich nach erfolgreicher Heimfahrt zu melden.

Ich bin glücklicher denn je auf meiner Heimfahrt, aber natürlich auch traurig wegen der Wartezeit und besorgt wegen deiner Probleme mit deiner Tochter.

Im Wetterbericht sehe ich dann die Warnung von nächtlicher Glätte Richtung deinem Wohnort und schreibe dir sofort eine SMS: „Hallo Pat, es soll heute Nacht genau auf deiner Strecke glatt werden. Fahre bitte sehr vorsichtig, lg F."

Ich werde diese Nacht erst um 4:30 wach, schaue sofort zum Handy, es ist eine SMS von 3:20 da: „Hallo Fred bin endlich zuhause. Bin sooo müde. Gute Nacht. Lg Pat". Ich bin wieder sehr beruhigt und freue mich natürlich, dass du mir zuliebe zu so später Stunde und so müde doch sofort an mich geschrieben hast. Ich schlafe gut weiter.

Morgens schicke ich dir gleich eine SMS: „Guten Morgen liebe Pat, ich wünsche Euch viel Kraft und ersten Erfolg. Ich werde Euch heute nicht stören, du darfst dich aber immer melden. Ich bin bei Euch, ganz liebe Grüße, Fred".

Leider komme ich heute sehr wenig dazu, mir Notizen über den gestrigen Tag zu machen. Ich schreibe mir wenigstens Stichworte auf über alles, was mir zu diesem wunderbaren Nachmittag einfällt.

Heute bin ich mir ganz sicher, dass ich diesmal auf jeden Fall wieder die ganze Woche enthaltsam sein will.

Eines ist jetzt sicher, ich bin dir total verfallen, aber keineswegs blind verfallen. Denn ich sehe alles völlig klar und will alles den Umständen entsprechend auch so. Ich bin sicher, dass ich es beenden könnte, wenn ich es denn wollte.

Ich muss sehr viel Geld dafür aufwenden, dich so viel zu treffen. Ich bin mir sicher, dass ich das aus wirklicher Liebe tue und nicht nur, weil du es forderst.

Da von deiner Seite meine Liebe aber nicht erwidert wird, muss ich jederzeit damit rechnen, dass du unsere Beziehung beendest. Mit dieser vollen Klarheit werde ich die Beziehung nicht nur fortsetzen, sondern zu vertiefen versuchen, zu nichts drängen, aber glücklich genießen, was du zulässt.

Und mit diesem Gefühl weiß ich plötzlich, dass jetzt eine schöne Zeit für uns begonnen hat, die hoffentlich lange andauert. Und ich behalte dabei meinen Traum, dass sich daraus vielleicht eines Tages doch noch über deine Sympathie für mich weit hinaus gehende Zuneigung entwickelt oder du dich schließlich doch irgendwann in mich verliebst.

Traum und Wirklichkeit sind in der Schwebe, noch ist nichts endgültig. Aber ich werde nicht mehr langfristig planen, sondern in dieser Schwebe aus Sehnsucht und Sorge genießen, was möglich ist.

Ich bin trotz allem sehr glücklich, dass es dich gibt, und stolz, dass ich es bin, der deine Nähe und deine Zärtlichkeit in diesem Ausmaß für sich hat, dieses Vertrauen dieser wunderschönen Frau, dieses wunderbaren Menschen Pat.

Mir fällt auf, dass sich mein Engelchen und mein Teufelchen schon lange nicht mehr gemeldet haben. Dann überlege ich schmunzelnd, ob sie nicht vielleicht inzwischen die Rollen getauscht haben, das Engelchen warnt mich, das Teufelchen wünscht mir viel Vergnügen. Ich muss fast lachen bei dem Gedanken. Aber sie sind sowieso nicht mehr da, ich kann keine Einflüsterungen mehr gebrauchen, sie sind auch völlig überflüssig. Alles ist sehr klar, es gibt keine Zweifel mehr, aber natürlich sehnliche und möglicherweise unerfüllbare Wünsche. Aber es ist wie es ist, ich kann es nicht ändern und Teufelchen und Engelchen auch nicht.

Ich schlafe diese Nacht sehr gut und fest.

Bisher bereits erschienen
Unerhoffte Wendungen Teil 1 - Verliebt?
Unerhoffte Wendungen Teil 2 - Du und ich

Der Autor ist ein in Süddeutschland lebender freiberuflicher Informatiker und Mathematiker, der sich mit Ökobilanzen und nachhaltigem Umgang mit der Umwelt befasst.
Er hat sich auf das Schreiben von fiktiven Biografien spezialisiert.
Es gibt keine Verbindungen zu seinem eigenen Leben und er hat auch keine Nachforschungen echter Ereignisse durchgeführt, alles ist reine Fantasie.
Übereinstimmungen von Personen und Orten mit tatsächlich existierenden Personen und Orten sind rein zufällig.

Links und Kontakt zum Autor:
www.neiiiin.de
www.greatgreen.de

eMail: peter.dannig@greatgreen.de
facebook: peter.dannig